おかあちゃんがほしい

原爆投下と取り残された子どもたち

梓 加依

素人社《そじんしゃ》

はじめに

　この物語は、原爆を落とされ、このようなことがあるのかというほどの想像を絶する被害を受けた広島の街で、親を亡くし、飢えや悲しみの中で体も心も傷ついた子どもたちの物語です。

　それでも、どんな苦しみの中にあっても、一生懸命に、精いっぱい生き続けた子どもたち。そして、そのまわりには、子どもたちを支え、愛情を注ぐ多くのおとなたちの姿がありました。

　そんな中に、一人の少女がいました。その少女が子どもたちと共に悲しみ、喜び、励まし合いながら、成長していきました。少女と子どもたち、そしてそのまわりのおとなたちを描いていきます。

でも、この物語は、昔々過ぎ去った原爆の悲惨さと苦しみの中のかわいそうな子どもたちというお話ではありません。それは現代の子どもたちへと繋《つな》がる物語なのです。

少女は、この後も、「孤児院」と呼ばれた施設から「養護施設」と名を変えて引き継がれる施設で、子どもたちと共に生きていきます。

少女は戦後という時代からも遠く離れていく現代社会の中で、再び体も心も傷ついた子どもたちを見つめています。

これはやがて年老いた彼女が、施設の庭で、つぶやく言葉です。

「あの恐ろしい原爆の中で生き残り、親も家も失い身体も傷つき、悲しみとさびしさに心も傷ついていた子どもたちは、確かにかわいそうに見えます。でも本当にかわいそうな子どもたちでしょうか？　悲しみも苦しみもあるでしょうが、でもこの子どもたちは、心は豊かだったはずです。なぜなら、親から離れるまで温かい親の愛を受けていたからです。愛されていたという『幸せな時』を持っていました。

この子どもたちは、親が死んでいくその時まで愛され必要とされていたのです。炎の中で子どもを守るために命を落とした親もいました。親は自分の死を迎えて、この子どもたちを残していかなければいけない状況の中で、子どもの幸せを願い、愛し続けていたのです。私たちは、悲しみの中にいるこの子どもたちにそのことをずっと伝え続けました。

『あなたたちは親から愛されていました。いっぱいの愛をもらっていたのです』と。

『そして、今、あなたたちの親の代わりに私たちが、みんなであなたたちを愛しています。ひとりぼっちではありません。ですから決してかわいそうな子どもではありませんよ。孤児と呼ばれなくてもよいのです』とも。

あの原爆投下の後の世界で生きようとした子どもたちは、私たちおとなにとって光でした。希望でした。ほとんどが灰と化して死んだようになった広島の地で、この子どもたちのために生きる場所をつくろうとしました。おとなも子どもたちを守ることが生きる力になりました。絶望的な時代に、子どもたちの明るい笑い声が平和の喜びを感じさせ、どれだけ癒《いや》してくれたか知れません。私たちおとなも救われたのです」

さらに、言葉は続きます。

「でも、今、ここにいる子どもたちの多くは、生まれてきたことを祝福もされず、必要とされず、虐待を受け身体も心も傷ついています。もちろん、心は体の痛さよりもっと痛いはずです。愛されるという経験をしてこなかった、抱きしめられることのなかった子どもこそ、悲しくかわいそうなのです。

子どもたちの幸せとは何なのでしょう。『生まれてくることを望まれず、必要とされない』、何と悲しい言葉なのでしょう。

原爆投下直後の悲惨な広島に残された子どもたちと、今、親が生存しているのに、ここの施設に入っている子どもたちと、どちらが悲しいでしょうか？

今、この子どもたちが求めているものは何なのでしょうか？

その存在の意味をおとなたちに問いかけてみたいのです。


『子どもたちは私たちおとなにとって何者なのでしょう？

おとなは子どもたちにとって何者なのでしょう？

社会にとって、子どもたちの存在は何なのでしょう？

子どもたちにとって、社会とは何のためにあるのでしょう？』」


でも、少女は年老いてなお、今、ここにいる子どもたちにも語り続けます。

「ここにいる私たちは、あなたたちのすべてを愛しています。あなたたちは、けっして必要とされないかわいそうな子どもたちではありません。私たちの大切な光です。希望なのです」

目次

四　子どもたちの家　137

おかあちゃんがほしい

原爆投下と取り残された子どもたち

一　母を求めて

おかあちゃんがほしい

じりじりと皮膚を焦がすように太陽が照りつけていました。広島の夏は暑いのです。どこもかしこもガレキの山で、焼け残った形さえもなく灰になってしまった広島の街は、さらに暑く思われます。原爆投下後、翌年の夏のことです。

広島駅前の闇市《やみいち》のあたりを、私は二人のシスターと歩いていました。一人はシスターたちの指導的な立場におられる年配のシスター・モニカ、もう一人は今年シスターになったばかりの若いシスターでシスター・テレジアといいました。被爆した人たちへの支援の物資を受け取りに三人で幟町《のぼりまち》教会に行った帰りでした。

私はさっきから後ろを気にしています。それは五、六人の子どもがぞろぞろとついてくるからです。立ち止まって後ろを向くと、少し距離をあけて子どもたちも立ち止まります。そんなことを三回ほど繰り返していましたが、私はたまりかねて後ろへ走っていきました。子どもたちは一瞬逃げるような体制で動きを止めました。

「逃げなくてもいいから」

と子どもたちに声をかけてから、

「シスター、すみません。ちょっと待っていただけますか」

と前を行く連れのシスターに告げました。それから子どもたちのそばにゆっくり近づき、こわがらせないようにできるだけ優しく聞きました。

「どうしてついてくるの？」

子どもたちの集団は、十二、三歳かと思われる男の子とそれより少し下らしい男の子と女の子、そして七、八歳ぐらいの男の子、三歳ぐらいの女の子の五人でした。一番大きな男の子が三歳ぐらいの女の子を背負っています。どの子も真っ黒の顔と手足をしていました。痩《や》せた顔に目だけが大きくいっぱいに開かれていました。私を上目で見るのでよけいに目だけが大きく見えるのです。この子たちは孤児なのでしょうか。頭の髪の毛などは伸び放題《ほうだい》で手入れがされているようではありませんでしたが、それにしては着ている服がそれほどひどく汚れていないのです。

私は子どもの背の高さまで腰をかがめてたずねました。

「私たちに何か用事？」

子どもたちは、私をじっと見たまま黙っています。

「お父さんやお母さんは？」

子どもたちは首を振りました。

「何か欲しいものがあるの？」

子どもたちは、みなで顔を見合わせました。

「それじゃあ、おなかがすいているの？」

また、みんなで首を振ります。すると小さいほうの男の子が
「食べるものはあるよ」

と言います。今まで黙っていた大きな男の子が、その言葉を引きつぐように
闇市の方をちらっと見て答えました。

「食べるものはあります」

私もその方向を見て、（ああ……）と思いました。

闇市は、その辺で集めた木切れを立てて、そこにゴザを張ったような店やトタンで屋根を覆《おお》っただけの店が肩を付き合わせるように並んでいました。どこから集めたのだろうと思うほどさまざまなものが並んでいました。古いものも新しいものも食料も、さまざまです。そんな店に人々は群がり、騒々《そうぞう》しく、でも活気がありました。

原爆投下で、すべてが失われたようになったこの地で、人間が生きていこうとする姿は前へと進むエネルギーそのものです。そんな闇市で残ったものをもらったのか、それともちょっと黙ってもらったのか、なんとか食べている様子です。

するとと何かを言いたげにしていた小さな男の子がまっすぐに私の目を見て、大きく息を吐き、

「あのね」

と言ったかと思うと、早く全部を言わなければというような早さで訴えたのです。

「この子のおかあちゃんがほしいんよ」

と大きな男の子に背負われている女の子を指さしたのです。

「みっちゃんがね、毎日夜に泣くんから。おかあちゃん、おかあちゃんって。それで、それで……」

男の子も泣きそうになっていました。

「あなたの妹なの？」

その男の子はうなずきました。

私は背負われている女の子に目をやりました。髪もばさばさで、泣いたあとなのか頬《ほお》は赤くなりパリパリになっていました。こんな小さな子が、よく生き

てこられたなと思うと、私は一瞬、言葉を失いました。

するると、その男の子は
「おねえさん、女の人だからおかあちゃんになれるん？」

と言うので、ますます何と言ったらよいのかとまどいました。この子たちにどう答えたらよいのでしょう。まだ十七歳になったばかりの私には、何とも答えようのない質問でした。

この男の子の言葉に大きな男の子は困ったような顔をしました。小さな男の子の腕を引っぱりましたが、男の子はさらに続けます。

「おねえさんがダメなら、あっちの人は？」

とシスターたちを指さしました。

私はついに、叫びました。

「シスター、ちょっと来てください」

少し先のところで足を止めて待っていてくれたシスターたちが戻ってきてくれました。

「何かありましたか？　志津子さん」

シスター・テレジアが、子どもたちと私を交互に見ながら不思議そうに聞きました。

「あの、この子たちが、お母さんが欲しいと言っています」

私はそう告げました。シスター・テレジアは、驚いたように子どもたちを一回り見渡すと、すぐに後ろを振りむいてシスター・モニカに声をかけました。

「シスター・モニカ、どうしましょう。お母さんが欲しいそうですよ」

シスター・モニカは
「そうですか。お母さんですか」

と言いながら子どもたちに近寄ってきました。それからしばらくとても静かに子どもたちの顔を見ていました。子どもたちは、シスター・モニカの顔を不安げに、でも懇願《こんがん》するように見つめていました。

「そうですね。お母さんのことは考えましょう」

とシスター・モニカは子どもたちに答えました。

私はシスター・モニカがどのような答えをするのか、緊張して聞いていました。その静かな答えに、急に肩の力が抜けました。子どもたちは静かなシスターの声に、もっとほっとしたのか、大きな目を見開いて見つめていた顔が緩《ゆる》みました。

「おかあちゃんになってくれるの？　おばさん」

小さな男の子は聞きました。シスター・モニカは思わず笑顔になりました。

「そうですね」

と言いながら小さな女の子を男の子の背中から抱き取りました。それを見た子どもたちの顔には笑顔が広がりました。

大きな男の子に向かってシスター・モニカはたずねました。

「お母さんがいないのなら、お父さんや世話をしてくれる人は？」

「誰もいません」

大きな男の子の答え方はとてもはっきりした口調でした。

「あなたがみんなの世話をしているのですね。大変でしたね。よくがんばってきましたね」

と、シスター・モニカは大きな男の子をねぎらいました。温かい言葉をかけられた男の子はその時初めて表情が柔らかくなり、今にも泣きそうになるのをこらえているようでした。

子どもたちは、先ほど後ろからついてきた時とは違い、明るい顔で楽しそうに私たちについてきました。私は持っていた荷物を二人のシスターに預けて、一番小さな女の子を背に負ぶいました。少し緊張しているのか、女の子は私の首のあたりに力を入れて腕を回して背負われていました。私の手にあたる足の骨は細くて棒のようでした。私の横にはうれしそうにして「おかあちゃんがほしい」と言った男の子が歩いていました。時々、小さな女の子を見上げてにっこりするのです。本当にうれしそうです。その様子はお兄ちゃんの役割を果たしたというような顔に見えました。

大きな男の子は、子どもたちの荷物を持って、もう一人の女の子の手を引いて歩いていました。女の子は大きな男の子の手をぎゅっと握っていました。顔にかかっている長い髪の間から不安そうな目が見えました。その様子は兄に頼りきっている妹のようでした。

もう一人の男の子は荷物を振りまわしながら、あちらこちらきょろきょろとして、物珍しげに横の闇市の店をのぞいたりしていました。それで時々は列から遅れてしまって、あわてて走ってきました。一番元気そうでした。

行く道すがら、振り返ってみる人もありました。確かに奇妙な集団でした。修道女と幼い子を背負った若い女性。年齢もばらばらの汚い子どもたち。それがぞろぞろと列になって歩いていくので、目に入るのは無理もありません。でもシスター・モニカはそんなことは気にも留めていないようでした。時々、子どもたちを振り返りながら、ちゃんと子どもたちがついてきているかどうか確かめるようにしていました。シスター・テレジアは私の荷物も持つことになって、とても重そうにして歩いていました。

一番後ろに大きな男の子が、うろうろとする男の子に声をかけながら歩いていました。時には後戻りして男の子を列につれ戻していました。そんなことを繰り返しながら行列は進んでいきました。

こうして暑い広島の夏に起こったこの出来事が、私やシスターたちと原爆で親を失った子どもたちとの出会いの始まりでした。

私たちの子どもたち

広島駅の少し後ろへ回った丘の中腹に修道院はありました。修道院もかなり壊れていて使える部屋は少なくなっていました。もともと、この修道院は、原爆投下直後に被爆し傷ついた人たちを見かねて、医師の資格を持っておられた外国人の神父様が病院の代わりにその人たちを迎え入れたのです。迎え入れても十分な医薬品もなく治療《ちりょう》器具もない状態の中で、できることは傷口を水でよく洗うことぐらいしかなかったそうです。でも、外で放置されたまま亡くなるよりは、せめて最期《さいご》を看取《みと》ってあげたいと思われたのでしょう。それを知ったシスターたちは、その神父様を手助けしていたのです。

このころは、原爆投下のすぐ後よりは人数は少なくなっていましたが、まだ怪我《けが》をした人や病気で残っている人たちがいました。そこに大勢《おおぜい》の子どもを連れた私たちが帰ってきたので、ほかのシスターたちは驚きました。

「ただいま帰りました」

シスター・モニカはほかのシスターたちの驚きを気にもせず、

「私たちの子どもたちが帰ってきましたよ」

そう言った後で、子どもたちに向かって声をかけました。

「あなたたちのおうちですよ。ただいまを言いましょうね」

「ただいまあ」

子どもたちは言われるままに小さな声で言いました。

汚い子どもたちとシスター・モニカの「私たちの子どもたちが帰ってきましたよ」という言葉で、やっと少し事情を呑み込んだシスター山本が
「お帰りなさい」

と子どもたちに声をかけました。そして一緒《いっしょ》にいたもう一人の若いシスターに問いかけました。

「シスター・テレジア、どこにいた子どもたちですか？」

シスター・テレジアは
「駅前にいて、お母さんが欲しいと言ったのです」

と事情を話しました。

「お母さんですか？」

それを聞いていたほかのシスターたちも、子どもたちの顔を見つめました。

シスター山本は、髪をぼさぼさにして汗と埃《ほこり》で汚れている子どもたちを見ながら、ほかのシスターに声をかけました。

「わかりました。とにかく子どもたちをきれいにしてあげましょう」

子どもたちにも声をかけました。

「みんな、こちらに来てください。部屋に入る前に身体をきれいにしましょう」

子どもたちは言われるままにうなずきました。

「夏のことでよかったわ。外できれいに洗ってあげてください」

シスター山本はほかのシスターたちに、もう一度言うと子どもたちを預《あず》けて、大急ぎで奥へ入っていきました。

それからは大勢《おおぜい》の子どもたちが突然に増えましたので、子どもたちが生活するための準備で大騒ぎになりました。

むこうの部屋からシスター山本の呼ぶ声がします。

「ちょっと、志津子さん、手伝ってください」

私が急いでシスター山本のところへ行くと、シスター山本は棚にあった大きな箱を下ろしていました。

「子どもたちの着るものをなんとかしなくてはね」

シスター山本は幟町《のぼりまち》教会の神父様や、支援者の人たちが持ってきてくれていた箱の中を探しました。子どもの服にするようなものは見当たりませんでした。でも手ぬぐいや古いシーツが入っていました。

「これならなんとかなるでしょう」

シスター山本はうれしそうにそれを持って部屋の隅《すみ》で何かを始めました。シスター山本は家政科の先生の資格を持っていました。ですから、料理も得意でしたし、裁縫《さいほう》も上手でした。

　ほかのシスターたちも、シスター山本が子どもたちの着るものを作っていることに気がついて手伝いに来てくれました。ボーと立ってこの様子を見ていた私に、

「志津子さんもお願いします」

と声をかけられて、私はあわててシスターたちの中に入りました。私は裁縫が得意ではありませんでしたが、シスターたちの横でなんとか真似《まね》をしながら手伝いました。手ぬぐいや古いシーツからは、見る見るうちに古代の人が来ていたような頭からスポンと着る服が出来上がりました。これなら大きい子でも、小さい子でも、男の子でも女の子でも着ることができます。丈《たけ》の寸法《すんぽう》を変えればいいだけです。とにかく早く作らなければなりませんでしたから、これはとても良いデザインで、子どもたちが体を洗ってきれいになるまでの早業的《はやわざてき》な仕事でした。

　でもシスター山本は、こんなに急ぐ仕事であっても、この簡単な服に二人の女の子にはちょっとだけ小さなポケットを付けて、かわいいリボンを結びまし

た。私はそれを見て、（やっぱりシスターはすごい！）と思いました。またまた、シスター・モニカの子どもたちへの対応の時のように、シスター山本のやさしさに触れて思わず笑顔になりました。

「かわいいですね。喜びますね」

とほかのシスターたちも声をあげました。

こうして子どもたちの出現で今まで静かだった修道院が急に活気づいてきたかのようでした。どのシスターも笑顔でてきぱきと仕事を片付けていました。

シスター山本は再びつぶやきました。

「夏でよかったわ」

子どもたちは、きれいになって部屋に戻ってきました。先ほどみんなで作った服を着てさっぱりとなっていました。でも、顔も手足も真っ黒なのはあまり変わりません。

男の子たちは、涼しいように髪の毛を短く刈ってもらっていました。女の子たちは髪の毛を梳《す》いてもらっていました。十歳ぐらいの女の子は、なんと、ぼさぼさだった長い髪をきれいに三つ編みにしてもらっていました。女の子は少しはにかんでうれしそうにしていました。初めて女の子の笑顔を見ました。しかも、髪を結んだところに赤いリボンのようなひもで花を作って止めてありました。シスターたちはその様子に、みんなで顔を見合わせて微笑みました。本当は、女の子でもこの時期ならば短い髪にしたほうが清潔で手入れもしやすいのですが、髪を切られると思ったのか不安そうにしている女の子を見て散髪を担当したシスター小川は切らないでおいたのです。

私は、ここでもシスターのやさしさに胸を打たれたのです。

子どもたちは髪を切り、きれいに櫛《くし》を入れて整えてみると、それぞれの顔がはっきりしました。顔は黒くなっていましたが、表情もよくわかるようになりました。

こうして子どもたちとシスターたちの生活が始まりました。シスターたちは、この子どもたちのことを「私たちの子どもたち」と呼びました。

髪の長い女の子は痩《や》せていておとなしそうな無口な子でした。由美ちゃんといいます。大きな男の子のそばにいつもくっついていました。大きな男の子の名前は建ちゃんといいました。由美ちゃんはシスターたちともあまり話しません。小さな男の子が

「こわがりじゃけん」

と教えてくれました。この男の子が私と一番よく話してくれます。和夫くんです。小さな妹が安全な所に来られたことを喜んでいました。

「おかあちゃんは、だれになるん?」

と、まだ、お母さんになってくれる人のことを気にしていました。

「そうじゃねえ」

そうとしか私は答えられませんでした。

妹はみっちゃんといいました。修道院にはたくさんのシスターがいましたが、「おかあちゃん」と呼ばれるのは難しいことでした。

幸いみっちゃんは人見知りもせず、どのシスターが抱いても嫌《いや》がる様子はあ

りませんでしたので、みんなからかわいがられました。ただ、泣いた時は、かならずシスター・モニカのところに行っていました。そしてシスター・モニカに抱かれていると眠ってしまうのです。

お兄ちゃんの和夫くんは

「やっぱり、おかあちゃんはあの人がいいんじゃね」

とわかったようなことを言いました。

「みっちゃんはあの人が好きなんよ。ぼくも好きやけど」

とちょっと恥ずかしそうに私の顔を見ました。本当のお母さんよりはだいぶん年齢は上だと思うのですけれど、子どもでもシスター・モニカの何かに心が惹《ひ》かれるのでしょう。私もわかるような気がしますけれど。

それから、なんにでも興味を持って動きまわるもう一人の男の子は次郎くんです。修道院でも、あちらこちらを見てまわって、シスターたちの仕事を見ていました。修道院の中のことを一番よく知る子どもになることでしょう。どんな時でもにこにこして目をくるくるさせていました。いつも何か楽しいことを探していたようでした。それで、シスターたちもこの男の子ができそうなことを見つけて仕事を頼んでいました。そうでないと、いろいろと聞いてくるし、シスターたちの後をついてまわるし、シスターたちが仕事をするのに支障が起きたからです。でも、仕事を頼むととてもきちんと役目を果たしてくれましたので、忙しいシスターたちの助けになったのも確かです。

けっこう器用《きよう》だということもわかりました。シスター山本の料理の手伝いもしましたし、洗濯物をたたむのも上手でした。ロープを張って干す時、次々に洗濯物を手渡し干しやすいように手伝っていました。こんなふうに次郎くんは活躍してくれました。

こうして大騒ぎになっていた修道院も、「私たちの子どもたち」と呼ばれる子どもたちと一緒の生活に、少しずつ平常の日々が流れていくようになりました。

子どもたちの居場所

次は子どもたちの部屋が必要でした。でも修道院の中も、崩れずに残った建物の一部をなんとか整えて寝起きする場所を作っているというありさまでした。
シスターたちは荷物を片付け、なんとか子どもたちの居場所を確保しました。
でも、シスターたちの部屋はとても狭くなりました。荷物もまわりに積んであります。

「まあ、ごろ寝の状態ですね。でも寝るところがあるだけでも幸いです」

というシスター・モニカの言葉にみんなうなずいていました。

それからしばらくして幟町教会のシュファー神父様が来られました。幟町の教会も全壊し、バラックのような小屋を建てて活動されていました。教会のことより被爆した人たちのために走りまわっておられました。もちろん修道院のこの様子を見てびっくりされたことは言うまでもありません。

「何と家族が増えましたね。この子たちが私たちの子どもですね」

と一人ひとりの子どもたちを抱きしめられました。ただ、由美ちゃんだけは、神父様から逃げるようにして建ちゃんの後ろに隠れてしまいました。

すると、また和夫くんが由美ちゃんをかばうように神父様に告げました。

「由美ちゃん、こわがりじゃけえ」

神父様は
「そう、こわがりなのですね。確かに私は普通のおじさんには見えませんね」

と笑いました。神父様は金髪の髪に目の色も日本人のように黒くありませんでした。それに着ている服も普通の服ではありませんから、びっくりしたのだと思われたのです。けれども、由美ちゃんがこわがっているのはそれが理由ではないようでした。その理由は何も話してくれないので、建ちゃんもわからないと言っていました。きっと何かこわいことがあったのでしょう。由美ちゃんについては最後までよくわかりませんでした。

神父様は時々ここを訪問して、足りない物資などを届けてくださるのです。この時もあちらこちらを見回って困っていることや必要なものを確認していました。

「これでは子どもたちの居場所が足りませんね」

シスター・モニカと話し合っていました。

「そうですね。すぐに建物を大きくしたり修理したりすることは無理ですから、どうしたものかと思っています」

「着る物や食べる物はなんとか集めることができますが、居場所がね……」

「作業場にする場所ができれば、少し居場所を広くすることができるのですが……」

「そうですか。作業場にするのなら、テントでもなんとかなるかもわかりませんね。考えてみましょう」

次に来てくださったときには、アメリカの進駐軍のテントをもらってきてくださいました。普通のテントではなく、大きくてしっかりした横も囲えるようなテントでした。何人かの手伝いの人も一緒に来てくれました。シスターたちのような女の人と子どもたちではとてもテントを張ることはできなかったので、本当に助かりました。おかげで大きな部屋ができました。多少の雨風なら防げます。でも、下は雨がたまって水たまりになりました。そのテントの地面に壊れたビルのコンクリート片を集めて敷きました。板などを拾ってきて、その上に置いて水が上がらないような床ができました。

子どもたちはテントだったのでなんだかキャンプの基地を作るような気持だったのでしょう。大喜びで石を運び、板切れなどを集めてきました。集める作業はシスターたちよりずっと上手でした。でこぼこしているところには小さな石を詰めて、その上にコンクリートの平らなものを置きました。これで雨が降っても床に水は上がってこなくなりました。寝ること以外の作業はここでできるようになりました。

広島の修道院が、けがをしたおとなだけではなく、子どもたちも増えて大変だということを聞いて、支援のために福岡のシスターたちが、代わるがわる手伝いに来てくれました。

その時に子どもたちに必要なものを集めて運んでくれたので、子どもたちを育てるのにとても助かりました。

ところがそれから後も、シスターたちは外出するたびに、そのあたりでうろうろとしている子どもたちを連れて帰ることになったのです。もう住む部屋もないのですが、その子どもたちをそのまま放置しておくことができなかったのです。

そのうち子どもたちはどんどん増えて、これではテントが一つあっても間にあいません。シスターたちが困っていた時、すでに福岡で戦争孤児たちの施設を開設されていた人が手を差し伸べてくださったのです。交渉して近くにある大きな会社の建物の一部を貸してもらえることになりました。子どもたちは増えて十八名になっていました。

子どもたちが増えたために、子どもたちのための施設として運営することになり、「ひかり園」という名前もつきました。貸してもらった建物には窓ガラスもなく、押し入れには戸もありませんでした。宿舎だったといいますが、倉庫のような所でした。それでも崩れていた修道院よりはましでした。なんとか暮らすことができました。

一階が幼稚園と作業場。幼稚園といっても昼間子どもたちが自由に遊べる部屋にしたのです。二階が倉庫のようなところに少し手を入れた居室です。進駐《しんちゅう》軍《ぐん》から届いた毛布で仕切りを作り、子どもたちの寝室になっていました。

病気の母親が育てるのに困って預けられた赤ちゃんがいました。シスターたちはミルクをあげたり、ドラム缶でお湯を沸《わ》かしお風呂にして入れたりして、その世話に奮闘《ふんとう》していました。

この施設で子どもを預かっていると聞いた母親が、訪ねてきたのです。つい最近、夫を亡くし、頼りにする人もなく駅前のバラックで暮らしていたそうです。ところが母親の体の調子がだんだんと悪くなり、幼い子どもの世話をすることができなくなってきて、とうとうここへ子どもを預けに来たのです。子どもは、まだ四か月でした。

やせ細った母親を見てシスターたちは驚いて子どもを預かり、母親にもここで少し養生をして休むようにとすすめました。母親は安心したのか、そのあと、一週間目に亡くなってしまったのです。

私は小さな赤ちゃんを見て（こんな小さな赤ちゃんをどうやって育てるのかしら）と心配して見ていました。ハイハイをしてもよいころなのに赤ちゃんはじっとしていました。成長が少し遅れているとのことでした。幸い赤ちゃんの世話をしたことのあるシスターがいました。福岡から手伝いに来てくれていたシスター小川が福岡の乳児院で働いていたことがあったのです。シスター小川の指導のもと、シスターたちの赤ちゃん育てが始まりました。

古いシーツなどでおむつ作りをしました。私が驚いたのは、おむつが日本の形と違うのです。日本のおむつは輪になっているものを二枚使うのですが、シスター小川が作ったのは真四角の布のおむつでした。それを三角に折って使うのです。外国ではこのようなおむつを使うということでした。

次に困ったのはお乳です。四か月なのでまだミルクは必要でした。なんとかミルクを進駐軍の方から調達してもらうようにお願いしました。もちろん、いつものようにシュファー神父様が尽力してくださったのです。進駐軍にも赤ちゃんのミルクがあったとは思えないのです。どうやって持ってきてくださったのかはよくわかりませんでしたが、ミルクが届いたのです。それまでは、ご飯をつぶしてとろとろにし、それをさらに薄めてスプーンであげました。でもミルクが届いてからは、赤ちゃんはミルクを飲み、少しずつ普通の食べ物にも慣らしながら、あまり泣くこともなく育っていきました。

みっちゃんが、いつもそばに来て赤ちゃんを見ていて、

「遊んであげる」

と言って手をにぎったり身体をなでてあげたりしていました。赤ちゃんの方もそばにいてくれる人がいるので、うれしそうでした。みっちゃんの手を握りかえして笑ったり身体を動かしたりしていました。いい友だちになっていました。でも、みっちゃん自身は、いつも由美ちゃんがそばにいないとダメでした。ですから、みっちゃんと由美ちゃんの二人で赤ちゃんのそばにいて見ていました。それも忙しいシスターたちにとってはありがたい手伝いでした。

大勢の子どもたちを育てるには、食料や必要なものがたくさんあります。そのためにシュファー神父様は本当に苦労してくださいました。もちろん、幟町におられたほかの神父様も一緒に動いてくださったのですが、食料品をはじめ、医薬品、衣類や毛布などの日用品を、近くにあるあちらこちらの進駐軍のキャ

ンプを奔走《ほんそう》して集めてくださいました。その神父様を助けてくれたのが、進駐軍に配属されていた神父様たちとアメリカの兵士たちでした。

子どもたちを助けてもらったのが日本という国ではなく、自治体でもなく、アメリカの進駐軍であったことで、私はとても複雑な思いでした。確かに戦争で疲弊《ひへい》している日本の政府にはその力がなかったのでしょう。戦争で取り残された子どものことなどまるで気が付いていないようでした。

そしてまわりの日本人たちも、日々の食料すらないありさまで、多くの人々が他人のことまで考える状況にはなかったことはわかります。でもアメリカのために原爆が落とされ、この子どもたちは親を失い傷つき、ここにこうして集められているのですから。その原因をつくった国のアメリカ兵に助けられているのです。

そうして、この複雑な気持ちを、私が自分の中で解決することができるようになるためには長い時間がかかりました。この悲惨な出来事は、戦争がもたらしたものだということを、私の心に納得《なっとく》させることはなかなか難しかったのです。戦争の愚かさを強く思う中で、私はアメリカの兵士の人たちを許さなければいけないという思いはありました。一人ひとりの兵士を憎《にく》むことは違うと思ったのです。

戦争は敵であれ味方であれ、なんの恨《うら》みもない人たちが国家という名のもとに、人が変わったように見知らぬ人を殺さなければならないのです。そして、やっと自分という「個」に戻った時に自分を取り戻すのです。きっと進駐軍の人たちも戦争で戦っていた時の自分と、今の自分が違うことは十分わかっているはずです。いいえ、今ここに見せてくれている姿が、本当のこの人たちの姿なのです。

日本人も、家では良き父や優しい夫やまじめな兄弟だった人たちが、戦地に行けば同じことを繰り返してきたのです。戦場から帰ってきた時に、自分のしてきたことに苦しみ悩んで一生を送る人も少なくありません。人を傷つければ自分も傷つくのです。兵隊として戦地へと行った多くの人が体も心も傷ついて帰ってきました。

私の父も戦場から帰ってきてから、教師という職業も捨てましたし、戦場での話は一切しませんでした。敵も味方も、顔も知らない恨みも憎しみもない者同士が戦い、たくさんの死んでいく人を見てきたからです。そして、もしかしたら父も現地の人からは憎まれているかもわかりません。アメリカでも日本でも、戦争によって心が壊れてしまった人たちのことをたくさん聞いています。本当に戦争は人間を人間ではなくしてしまうむごくて悲惨なことなのです。

そんなことを思いながら、基地の兵士の人たちの支援を受けていました。

こうして修道院に手伝いに来ていた私は、ほんの二、三日と思っていたのに、いつの間にか子どもたちが増えていくにつれて、夏休みを越えても受験勉強をしながら手伝いに行くことになってしまったのです。でも子どもたちとの出会いは私の進むべき道を照らしてくれました。教師になって子どもたちと関わりたいと本気で思ったのもこの時でした。

年が明けると私は受験のため、ここを一時離れることになりました。私がここを離れるとき、一番心配してくれたのが和夫くんでした。

「本当に帰ってくるんじゃね？　本当じゃね？」

となんども念を押しました。

「大丈夫じゃけん。帰ってくるよ。でも、ちょっと長い間ここに来れんから、和夫くんの方が忘れるかもしれんね。忘れずに待っといてくれるね」

そう言って、和夫くんの頭をポンポンとたたくと、

「うん、うん」

と和夫くんはうなずいていました。初めについてきた子どもたちが見送りに来てくれました。

建ちゃんは黙っていました。

「みんなのことをみてあげてね」

と言ってしまってからはっとしました。

建ちゃんは、いつも自分のことは横に置いて、小さな子どもたちのために生きていたのです。修道院に来てからもできるだけシスターたちの負担にならな

いように気遣っていました。十分すぎるぐらいに小さな子どもたちのために自分の体と心と時間を使っていたのでした。口数も少なく、自分の気持ちをあまり話したことがありません。それなのに私は、これ以上に建ちゃんに責任を負わせるような言葉を言ってしまったのです。

「でも、自分のことも大事にしてね。建ちゃんもまだ子どもじゃけんね。無理をせんように。困ったことがあったら我慢《がまん》せんとシスターに言いんさいよ」

とあわてて付け加えました。

「はい」

と建ちゃんはうなずきました。

あいかわらず由美ちゃんは建ちゃんの手を握っていました。由美ちゃんのもう一方の手を握ると

「元気でいてね。みっちゃんと赤ちゃんのお世話ありがとう」

と声をかけました。由美ちゃんはうつむきかげんで、こっくりとしました。

次郎くんだけはどこかで仕事をしているのか見当たりません。見渡している

と、裏の方から走ってきました。

「志津ねえちゃん、これこれ」

と言って差し出したのは小さな花束でした。寒い時期なので、庭には花はありません。どうしたのでしょう。小さな花がきれいなひもで結んでありました。

「シスターがひもで結んでくれた」

とうれしそうでした。

「この花どうしたん？」

「うん。シスター・モニカにもらった。志津ねえちゃんに花をあげたいと言いよったら、くれた」

どこでシスター・モニカは用意してくださったのでしょうか。食べる物も十分にないときに花なんて、なんと贅沢《ぜいたく》なことでしょう。

「ありがとう」

私は次郎くんをぎゅっとだきました。次郎くんは
「うあー」

と言って元気に私から離れました。次郎くんはとても照れ屋さんでした。

「はよう帰ってね」

子どもたちの声に押し出されるようにして私は修道院を後にしたのです。

二　教師を目指して

小さな島への疎開

私は子どもの頃、広島の横川《よこがわ》に住んでいました。母の実家もここにありました。しかし戦争が激しくなり、広島は造船所もあり、江田島《えたじま》などの海軍の訓練所もありましたので、子どもは疎開《そかい》をしたほうがよいということになったのです。

山口県の瀬戸内にある小さな島が父の実家でした。父方の祖母が住んでいました。私と一緒に母も疎開しました。静かな瀬戸の海に囲まれ、島は緑の木々に覆《おお》われて美しいところでした。島の人たちはよそ者である私たちに、とても親切で、いろいろと世話を焼いてくれました。子どもの私にも、近所の人も先生も優しくしてくれました。

「よう帰ってきたのう。ここにいたら広島市内よりはちょっとは危ないこともないじゃろ」

島の人たちが入れかわり立ちかわり何がしかの物を持って私たちを訪ねてきてくれました。それはたぶん、祖母がとても世話焼きの人で近所の人たちと仲良くしていたからでしょう。それと父の幼なじみの人たちがたくさんいました。

ここに来て、小さな島の人たちの温かな心に触れながら私はとても心静かに暮らしました。広島市内のような便利さはありませんが、ゆっくりと時が流れていくようでした。戦争中だというのに朝早く漁師町では船が港に帰るので活気がありました。ぴちぴちと魚がはねて、キラキラしていました。朝から漁師のおばさんが売りに来るイワシの生を食べました。イワシは、驚くほど簡単に身から骨が外れるのです。生臭くも何ともありません。生姜醤油《しょうがじょうゆ》で食べました。こんな食料のない時代にとても贅沢《ぜいたく》なことでした。

夏になると岸のすぐそばまで来て、細い青い魚が口をとがらせて泳いでいます。網を入れればすぐにとれそうです。

「網を入れたらすぐにとれそうじゃね」

という私の言葉に、漁師のおじさんは
「やってみるか？　まあ、あんたにつかまるようなサヨリはおらんじゃろなあ」

と大笑いをされました。サヨリという魚だと教えてもらいました。ゆっくりと泳いでいるようでいてかなりすばやく動く魚のようです。

家の手伝いもしましたが、毎日、島の子どもたちと楽しく遊びました。瀬戸の海を見ていると戦争をしていることがウソのようでした。でも、島の外では戦争の影響はどんどん大きくなっていました。

やがて初等科を卒業するころになり、私は、戦争中のことで先はどうなるかわからなかったのですが、上の学校へ進学することを考え始めていました。島では進学する子はほとんどいません。漁師や、農家を継ぐことが多いのです。あるいは島の外へ住み込みで就職しました。経済的な問題もありました。ましてや戦時中では、よけいに進学しようということはなかったのです。勉強するどころの話ではなかったからです。

それでも私の希望を母は聞き入れてくれました。母は島では勉強もあまり進んでいないし、受験する人も少ないから山口市内に出ていくことを提案しました。でも、私は親友が一緒に上の学校へ行こうというので島でがんばるつもりでした。二人とも教師になるコースが志望でした。友だちは、この島で先生になると言っていました。私はまだそこまでは考えていませんでしたが、とにかく父と同じように子どもと関わる仕事がしたいと思っていました。

しかし父は教師になることを反対しました。その時は理由をはっきりと言いませんでしたが、後になって考えると、戦後、父が教師を辞めた理由もそこにあったのだと思います。その時代には国の教育に逆らうことは許されませんでしたので、言えなかったのでしょう。たくさんの教え子を戦場へと導いたことの苦しい後悔があったのだと思います。

私はその頃の教育の内容など少しも考えておらず、ただただ、子どもと関わる仕事で楽しそうだなどとのんきなことを思っていました。教師である父の苦しみなど思ってもいませんでした。

島の私の担任の先生は戦争の話はあまりしませんでしたし、「お国のために死ぬ」ことなど一度も言ったことがありませんでした。クラスの中に生活に困る子どもがいると、家にまで出向いて相談に乗ったり、勉強を見たりして、とてもよく面倒《めんどう》を見ていました。その先生を見ているうちに私もいつの間にか、恵まれている自分が、その子たちの力にならなくてはと思わされるようになっていました。

教師になるにはいくつかの進路がありましたが、男子と女子では進路が違いましたし、このころの教育制度は複雑でした。師範学校へ行くことになるかと考えていました。師範学校へ行くまでには、もう一つ高等教育が必要でした。その目標に向かって友だちと勉強しました。

ところがこの友人を不幸が見舞ったのです。お父さんが倒れたのです。お父さんは戦地から帰ってきたばかりでした。帰ってきた時は骨ばかりのようになっていて目だけがぎょろぎょろとしていました。縁側でぼんやりしていることもあり、子どもの私は、ちょっと近寄りがたくてこわそうな人だと思っていました。

友人の家は島ではかなり大きな地主の家でした。でも畑や田んぼをする人がいないのです。畑を任せていた小作と呼ばれていた人の家も、みんな戦争に行ってしまっていて手伝ってくれる男手はありませんでした。その子は学校を休むようになりました。家の中で男手はその子だけだったのです。下には小さな弟や妹がいました。

担任の先生はその子の家に行き、畑仕事を手伝い、できるだけ学校へ来ることができるようにしたのです。私も自然にその子のためにノートをとったり、家に寄って宿題を教えてあげたりしました。

その先生は初めから教師ではなく、大きな鉄鋼会社の技術者だった人でした。なぜ会社をやめてこの島に来たのかわかりません。島の人たちは
「あの会社は戦争のもんを作っているから、日本がこんなになってしまったことに、何か心が折れたんとちがうか。自分は何のために働いているんかと思う

わな」

と言っていました。

そうしているうちに、昭和二十年の八月に戦争は終わりました。それも広島と長崎への原爆投下という犠牲を払ってです。それはそれは大変なことで子どもの私が想像もできないほどのことのようでした。おとなたちの話す悲惨な状況を聞きながら、不安に思うばかりで、「ピカドン」という言葉が不気味でした。

広島に残っていた父と祖母の様子を心配して、すぐに母が広島に向かいました。広島駅までは電車が通っておらず、海田《かいた》駅から歩いたそうです。幸い山の手にあった家では、誰も怪我《けが》もせず家も残っていたという知らせが来ました。母はそのまま広島にいることになり、私は島で祖母と暮らすことになりました。広島の状態が大変なので、私はここにいた方がいいということになったからです。

戦争が終わって、私にとっては進学することが、今までよりもっと意味を持つようになりました。教える先生も不足していましたが、島の先生を見て子どもたちを守る仕事につきたいということを感じていたからです。

「うちは上の学校へ行って先生になりたいんじゃけど、そっちはどうするん?」

「おれも先生になろうと思っとるんじゃけど、もちろん、おれは長男やから、この島の先生やけどな。おまえは島の先生にはならんのじゃろ?」

「うーん、そんなことわからん。どこの先生になるかはまだきめておらんのやけど」

「そうか。そらそうじゃな。おまえは島の子じゃないけえね」

「でも試験を受ける時は、いっしょに行けるね」

「うん。一緒に行こうな。田んぼのこともあるけえ、ちょっと勉強するには時間がとれんかもしれんけどな」

そうして私たちは受験を約束しました。学校をあんなに休んでいたのに、友だちの成績は学校で一番でした。試験に受かる確率は十分でした。教えた私の方が心配でした(勉強、負けんとがんばらんといけん)。私はそれから一生懸命勉強に励みました。おかげで受験できるだけの成績はとることができました。

上の学校は島にはありません。山口市内まで船で向かわなければなりません。受験の日、私は約束していた友人を待ちました。船が出る頃になっても友人は来ませんでした。どうしたのだろうと思いながらも連絡する手立てもなく、桟橋を行ったり来たりしているうちに船は港を出てしまいました。

友だちはとうとう上の学校へ行くことはできませんでした。受験が終わって島に帰ってきた私が聞いたのは驚きの事実でした。

それは友人の母親が苦しみ悩みながら、息子が受験できないようにしたのです。農作業の疲れでぐっすり眠っている息子を、約束の時間までに起こさなかったのです。友だちが目を覚ました時は、船の時間はとっくに過ぎており、もう受験に間に合う時刻ではありませんでした。

その家の今の状況では、息子を進学させる余裕はなかったのです。あまりの事情に、私は友だちを訪ねていくことができませんでした。何と言ったらいいかわからなかったからです。たくさんの田畑を持っている地主の息子なのに上の学校に行くことができなかったのです。お父さんさえ元気でいれば、当然受験できていたはずでした。

でも、しばらくして友だちの方から私のところへやってきました。玄関に友だちの姿を見たときには驚きました。玄関で迎えた祖母は
「どうぞあがって」

と言うと部屋に通して、黙ってお茶を出してくれました。

「試験に受かったんやて？　おめでとう」

「うん、ありがとう。なんとかできたと思うけど」

「そうね。よかった。おれは、もう受験はできんと思うけど、おれの分もがんばってな」

それ以上、私は言葉もなく、黙って祖母が出してくれたお茶を飲んでいました。

友だちはいつになく明るく元気な様子でした。私が気にしないようにと思ってくれたからでしょう。よけいにつらい気持ちになりました。でも、私も知らないふりをしてできるだけ普通にしていました。

「これな、おれ、試験に受かったら使おうと思っておいといた鉛筆やけど、使

ってくれるかな」

黄色の箱に入ったものを渡してくれました。開けてみると濃い緑色をした鉛筆でした。

「これ、トンボ鉛筆！」

「うん。町に出たときに買ってもらったんよ。お祝いにあげるわ」

その頃の安い鉛筆は芯が弱く木も硬くて、削っているときにも折れてしまって使いにくいものでした。トンボ鉛筆は上等で木もやわらかくて、書き心地はほかの鉛筆とは違っていました。でも、値段が高いので、なかなか買えないものでした。

運動会の賞品でもらうことがありましたが、それはうれしいものでした。

「こんとに上等のもの、大事なものやろ？」

「ええんよ。しずちゃんに使ってもらったら鉛筆もうれしいと思う」

鉛筆の木の香りがしました。私は友だちの気持ちをそのまま受け取ることにしました。

「ありがとう。大事に使うね」

「ぼくの分も勉強して上の学校へ行ってな」

その後、友だちは小さな弟たちの面倒を見ることになって進学をあきらめました。

その彼のことを思い、私は恵まれている自分を忘れませんでした。山口市内の学校に進学して、それから自分でも驚くほど必死で勉強したように思います。そして、もっと上の学校にも行きたいと考えていました。おばさんが卒業した四年制の女子高等師範学校で教師の資格を取り、子どもたちのために働きたいと思ったからです。

島から広島へ

その準備のためと、広島の惨状を聞いて広島の母の家を心配したこともあり、母の実家に行くことになりました。島を出て広島駅に降り立つと、そのありさまに驚きました。話には聞いていましたが、想像していたよりはるかに大変なことになっていました。

母の実家は爆心地から少し離れていたのですが、それでも近所のほとんどの家が火事になったり、爆風で壊れたりしました。そして多くの人が亡くなったのに母の家は奇跡的に残り、家族も誰一人怪我《けが》一つせずに生き残ったのです。まわりに風よけの木をたくさん植えていたことが幸いしたようでした。一番大きな木は焼け焦げていましたが、家まで炎が来ることはありませんでした。焦げた大きな木には、しめ縄が張ってありました。楠の木でした。祖母が感謝の気持ちを込めて、宮司さんにお願いして張ってもらったそうです。

祖母は、そのことに対して、

「本当に仏様や神様のおかげですよ。感謝しなくてはいけません。人のために働かんといけんよ」

と言って私をよく近くのお寺や神社に連れて行きました。私も、よくわからないけど、きっと神様や仏様のおかげはあったかもしれないと、祖母と一緒に手を合わせていました。祖母は信心深い人でした。

その私がなぜ修道院を手伝うようになったのかは、ちょっとしたきっかけでした。宇品《うじな》の港に近いところに住んでいた母のお姉さんが中学校の教師をしていたので、私にいろいろと受験のアドバイスをしてくれていました。私からするとおばさんです。おばさんは母と違って背が高く美しい人でした。女性で上の学校まで行く人は少なかった時代に四年制の女子高等師範学校を出て教師になった人です。私は、美しくて頭が良くて職業婦人として生きているおばさんにあこがれていました。

私は幼いころ、背が低くてぽっちゃりであまり美人とは言えなかった母を見ていて、(私のお母さんがおばさんだったらよかったのに) などとバカなことを思ったことがありました。そのおばさんがたびたび来てくれていた時に一冊の本をくれたのです。聖書でした。おばさんはカトリックの信者だったのです。

戦争中はこっそりと教会に通っていたと聞きました。当時、戦争に反対していたキリスト教の信者たちには監視の目が厳しく、そのことがわかると親族にも迷惑がかかるからです。どうして洗礼を受けたのか知りませんでしたが、恋人だった人が洗礼を受けていたからではないかということです。その恋人は戦死してしまいました。それからは結婚もせずに教師をしながら教会を手伝っている様子でした。

でも聖書とかキリスト教とかシスターとかいうと、私にはちょっとなじめないところがありました。勝ち気で自分の意思をはっきりと言う、当時としてはけっこうおてんばな私には、おばさんから聞く聖書の教えが厳しくて難しく思われました。その上、聞いている限りではシスターについてはとても暗いイメージがあったのです。

「この近くの修道院で手伝ってもらえんかしら。シスターたちだけでは、手が足らんみたいやから」

そのおばさんから言われたのです。（ええっ、修道院！　あの檻《おり》の中みたいなところでしょう。そんなところで手伝うのは無理！）と心の中で叫んだのですが、おばさんはさっさと決めてしまいました。

次の日にはもう、修道院へ行くはめになりました。私はおばさんに連れられて渋々《しぶしぶ》行ってみると、思ったとおり、うす暗くて静かな修道院の中で、シスターたちは声も出さないぐらいの話し方で、言葉少なく影のように動いているようでした。私はやっぱりと思ってうんざりしましたが、おばさんから言われて、そこで手伝うしかありませんでした。「修道院なんて嫌《いや》です」と言うわけにはいかなかったからです。

ただ違っていたのは服装でした。私がイメージしていたのは黒いベールをかぶり、黒い長い服を着た人たちでした。でも、シスターたちは黒い長い服など着ていませんでした。確かに頭に短いベールをかぶっていましたが、ワンピースのようなグレイの服にスカートも短いものでした。後からおばさんに聞くと、この修道会のシスターたちは外に出て活動するので普通の服のように動きやすい服装だったのです。

私が最初にあったシスターは静かで優しい目をしたシスターでした。おばさんはよく知っているようで、私をシスターの前に押し出すようにして紹介しました。

「この子は私の妹のむすめの志津子です。何かの役に立つかと思って連れてきました」

「志津子さんとおっしゃるのですね」

シスターの目はさらに優しくなりました。私は思わずその目の光につつまれるような気がしました。

「病気の人やけがをしている人たちのお世話が仕事です。お手伝いしていただけるととても助かります。ありがとう」

先に「ありがとう」と言われてしまい、「はい」と答えて、（あれ、私、できるの？）とあわてました。

「仕事の内容はお洗濯《せんたく》やお掃除《そうじ》、それからいろいろ」

シスターはそう言ってにっこりしました。私はまたもやその笑顔につられて

「ハイ」

と返事をしていました。

この時のシスターがシスター・モニカです。おばさんは私を置いて帰ってし

まいましたから、しかたがありません。二、三日ならなんとかなるだろうと思うしかありませんでした。

でもしばらく手伝いに通っていると、修道院は私が思っていた所とは違っていました。シスターたちも思っていたより明るくて、言葉は少ないのですが、祈りから始まり、仕事をてきぱきとこなして、穏《おだ》やかなその様子に心が休まりました。そこで看病されている人たちも、安らかに病気と向き合っているようでした。被爆によってケロイドになった皮膚の人が多く、皮膚が攣《つ》るので日常の動きも不自由そうでした。けれどもシスターたちの優しい声と丁寧《ていねい》な看病に、不自由な中でもみんな感謝して落ち着いて暮らしていました。

私はその人たちの着替えをたたんだり、洗濯を手伝ったり、お掃除をしたり、頼まれることをいろいろとしました。

そんなときに、あの日、あの子どもたちと出会ったのです。それから私と子どもたちとの生活が始まりました。その中で、シスターたちの子どもたちに対する優しさと愛に満ちた日常にふれて、いままでの自分のイメージは大きく変わっていきました。そして、多くのことを学び、ここで私も何か手伝うことができればと積極的に思うようになったのです。

でも、おかしいのは修道院の仕事を手伝っていながら、キリスト教を学ぼうなんてまったく思わなかったことです。とにかくシスターたちの子どもたちに対する優しさに感動したという理由で手伝っていました。

それからもう一つ。慣れてきて一緒に生活していると、実はシスターたちも、ちゃんと笑ったり冗談を言ったりしていて、決して影のようではありませんでした。それから内緒《ないしょ》ですが、私のようにちょっと活発なシスターもいましたよ。それでも私は、シスターにはとても向いていないと当時は思っていました。それよりなにより、自分がキリスト教の信者になるなんて考えてもみなかったのですから。

戦後、たくさんの子どもたちが戦争で親を亡くし戦争孤児として残されていることは聞いていました。広島の駅前にも親を失った子どもたちが、たくさんいることも知りました。でも、まさか自分がその子どもたちの世話をすることになるとは思ってもいませんでした。その上、自分があまり好きではなかった修道院で働くなんて思いもしなかったのです。

大学から再び施設へ

ところが、ちょうど私が受験をする頃、昭和二十二年に教育制度が変わりました。その師範学校も新制大学になりました。そこで私は大学を目指すことになったのです。教育制度の大きな転換期でした。教育内容も大きく変わったのです。

やがて私は大学へ入学し、この施設の手伝いから数年間、離れることになりました。そして教師の資格を得て子どもたちのところへ再び戻ってきました。

多くのシスターたちが入口で迎えてくれました。大学を出てほかの学校の教師にならず、子どもたちのところに戻ってくれたことを、驚いたり、喜んだりしてくれました。

おそらく戻ってこないだろうと思われていたのです。この時代、学校の先生をする人たちはとても数が少なかったのです。若い男性は戦地へと送られて、学生もほとんどいなかったのです。戦後、戦地から帰ってきた人もまだまだ少なく、島では十六、七歳ぐらいでも、師範学校を卒業していなくても、高等小学校ぐらいの上の学校を卒業していれば小学校の先生をしていました。ですから四年制の大学を卒業していれば、当然もっと上の学校の教師になれたはずだからです。大学でも就職先は掲示してありましたが、それらをまったく見ることはありませんでした。

私はここ以外のところで働くことは考えていませんでした。ですから当然のこととして帰ってきたのですが、シスターたちの驚きの方が不思議でした。後から考えるとほかの選択肢もあっただろうと思うこともありましたが、若さゆえに一途《いちず》に思っていることに突き進んだという感じです。

「ひかり園」という子どものための施設になったここが、私の帰るところでした。シスター・モニカは相変わらず静かでした。

「よく帰ってきてくれましたね。待っていましたよ」
と言葉少なでしたが、私が帰ってきたことを心から喜んでくださっているこ
とが伝わる笑顔でした。
シスター・モニカの顔を見たとたんに、私は帰ってきたのだと実感しました。
そして私の居場所がここにあることも改めて思ったのです。
シスター・モニカとゆっくり話をすることもできませんでした。それは、一
人のシスターがドアから顔を出したからです。
「まあ、志津子さん、帰ってきてくれたのですね。よかった。早速手伝ってく
ださい」
シスター小川の声にせかされて、自分の部屋に行って着替える間もなく、私
は子どもたちの世話を言いつけられました。でも、すぐに仕事を言いつけられ
たことで、長い間ここにいなかったことなど忘れてしまうようなそんな自然な
時間が帰ってきました。
あの時、私についてきていた子どもたちはずいぶん大きくなっていて、私を

覚えていてくれました。最初に私のところに駆けつけてきた子はあの和夫くんでした。五年生になっていました。

「元気でよかった！」

と言うと、

「うん」

とうなずいてから和夫くんは、ちょっと間を置きました。それから
「由美ねえちゃんが病気でおらんことになったけえ」

と私に伝えました。あの三つ編みをしてもらっていた女の子です。肺炎だったそうです。

私は本当に驚きました。子どもたちのだれかが死んでしまうことなど思いもしていませんでした。私がここを離れてからすぐに病気になったのです。

私は自分の動揺を隠すように、そっと和夫くんの手を握りました。肺炎で死んでしまった由美ちゃんは体が弱っていたようです。和夫くんも、由美ちゃんの死は相当ショックだったようで、多くを語りませんでした。

「大きい兄ちゃんが泣いたんだよ。ずうっと泣いてた」

和夫くんは、私に早く伝えたかったというように話しました。

それは想像がつきました。いつもいつも由美ちゃんは建ちゃんの手を握りしめていました。それに最初に建ちゃんと暮らすようになったのも由美ちゃんでした。建ちゃんにすれば特別な子どもだったのでしょう。自分が守らなければと思った最初の子だったのです。私は言葉もありませんでした。黙って和夫くんの頭を抱きました。和夫くんも今、大声で泣きたそうだったからです。

子どもたちはここに来るまで劣悪な環境で暮らしていました。病気にならない方が不思議なくらいです。被爆もしていたはずです。次々に亡くなっていく人たちを見ると、よくがんばって生きてきたと思います。

このころ、子どもたちは肺炎だけではなく、結核にもかかることがよくありました。それはまわりのおとなたちが、結核にかかっていても入院もせずに普通に暮らしていたからです。抗生物質も多くはなく、入院する病院も少なく、一番にはお金がなかったからです。結核に効くといわれたペニシリンやマイシンといった抗生物質は値段がとても高かったのです。ですから子どもたちも、そういう病気のおとなに接触することも多かったのです。その上、衛生状態も悪く、栄養失調などで体も弱っている子どもも多くいましたから、腸チフスのような感染症にもかかりました。

広島で、よその所と違うのは、原爆症で亡くなることです。それも初めは何の病気かわからずに髪の毛が抜け、皮膚に斑点が出て、治療の方法もなく亡くなるのです。私はこの広島の施設にいて、こうして亡くなる人たちを多く目にすることになりました。それを見るたびに、私は子どもだけはなんとかして守りたいと強く思ったのです

それから夜になって、建ちゃんが私のところにやってきました。建ちゃんは前にもましてしっかりとしてはきはきしていました。一番大きい建ちゃんは中学を卒業していました。勉強がよくできていたので、高等学校へ行かせてもらっていると言いました。このころに高等学校へ行くことができる子どもは、一般家庭でも半分もいませんでした。学校の費用を寄付してくれる人があったのだ

そうです。それも驚いたことでした。戦後間もないこんな時に、他人の子どものために進学の費用を出す人がいたことに、どんな人だろうと思いをめぐらせました。

「高校へ行きよるんやね。建ちゃんはよう勉強しとったからね。よかったね」

「お金を出してくれる人がいて行かしてもらえたんです」

「どんな人か知っとるん?」

「まだ会っていませんが手紙を書きました」

「そう、お礼の手紙を書いたんやね。いつか会ってお礼が言えたらいいね」

「成績表とか送ることにしています」

建ちゃんは私に向かって少し丁寧《ていねい》におとなのような話し方をしました。高校生という年齢になってこんな話し方をすることが、離れていた間の時間を感じました。

建ちゃんは、ズボンのポケットに入れたものをとりだすと私に渡しました。きれいなやわらかい布を広げてみると美しい指輪がありました。金色の輪にグリーンの大きな宝石がついていました。

「お母さんのです。死ぬときにぼくにくれました。困った時に売ってお金にするようにと言っていました。これを売ることができるなら、この子たちのために使ってください」

初めに私たちと出会った時、時々、大事そうにしてズボンのポケットを確かめるようにしていたのを思い出しました。

「お母さんの形見でしょう。大事なもんを持っておかんでいいの?」

「みんなのために使ってもらったらお母さんも喜ぶと思うので」

「気持ちはうれしいけれど、私では決められんけえ、シスター・モニカの所に行きましょう」

私は建ちゃんをシスター・モニカのところへ連れていきました。

「シスター・モニカ、建ちゃんが、指輪をくれるというのですけど。みんなのために使ってほしいというのですが……」

シスター・モニカは黙ってその指輪を見ました。

「そうですか。お母さんの大切なものなのですね。私が預かっておいてもいいですか？」

「はい」

建ちゃんはうなずいて答えました。

「建ちゃん、あなたの気持ちはたくさんいただきましたよ。この指輪は、確かに預かりました」

シスター・モニカはうなずいてその指輪を受け取りました。シスター・モニカが大切そうにして丁寧《ていねい》に布を包むのをじっと見ていた建ちゃんは安心したのか、部屋に戻っていきました。

シスター・モニカは、私の方に顔を向けてため息をつくように話しました。

「あの子の家は、以前はきっと裕福だったのでしょうね。この指輪もとても高価なものですが、あの子の態度や話し方で、躾《しつけ》が行き届いていたことがわかります。ほかの小さな子どもたちの面倒を見て、気持ちも優しい子です。勉強もとてもよくできます。いい家庭で育っていたのだと思いますよ。この指輪はいつか建ちゃんの助けになるでしょう」

そのことがもっとわかるようになったのは、後になって幟町教会の神父様が子どもたちを楽しませようとギターを持ってこられた時に、建ちゃんはいとも簡単にギターを弾いたのです。ヴァイオリンも弾けましたし、ピアノが弾けることもわかりました。当時は、日本人の中でもこのような楽器が弾けるような環境にあった子どもは少ないと思います。ましてや戦時中に楽器を弾くことなどかなり難しい状況だったからです。両親のいずれかが、音楽に関わる仕事をしていたのでしょうか。のちのち、建ちゃんは教会を手伝い、小さな子どもたちを喜ばせるのにとても活躍することになったのです。

三　子どもたちだけで生きる

母との別れ

実はあの五人の子どもたちは、全部が兄弟姉妹ではありませんでした。和夫くんとみっちゃんが兄妹だということは知っていました。最初は建ちゃんと由美ちゃんも兄妹かと思っていました。いつも由美ちゃんが建ちゃんのそばから離れなかったからです。でも違っていました。一番大きな建ちゃんが、一人で暮らしていた所に、由美ちゃんが来て、次に次郎くんが来て、みっちゃんを連れた和夫くんがやってきたのです。和夫くんは小さなみっちゃんが泣くので助けてほしかったようです。そこで、建ちゃんは五人で暮らすことになったのです。

建ちゃんの家は幟町《のぼりまち》教会からそれほど遠くない住宅街にありました。大きな家が並んで建っていました。その中の一つが建ちゃんの家でした。

この家はお父さんのお父さんであるおじいちゃんの家でした。おじいちゃんからお父さんが受け継いだ家です。明治の終わりごろに建てたというずいぶん古い家ですが、玄関の右側には洋館造りの部屋とその奥に日本風の部屋が続いていました。

洋館造りの部屋にはピアノが置いてありました。おばあちゃんのピアノだそうです。建ちゃんのお父さんも時々この部屋でヴァイオリンを弾いていました。

建ちゃんのお父さんが出征兵士として招集された後、お母さんは体が弱かったため、生活は大変苦労したようです。庭に畑を作ったりしているうちに過労になり、長い間、寝たり起きたりの生活が続きました。いろいろな物を売って生活費に充《あ》てていたようですが、いい家具や調度品などは、その時代には売れるものではありませんでした。それでもなにがしかの物を売ってお金に換えていました。

お母さんが農家を訪ねて、お米と換えるためにきれいなヒスイの帯どめを持っていったことを、一緒に行った建ちゃんは覚えていました。代わりにもらったお米は小さな袋一つでした。それでも換えてもらえただけでもよかったのです。農家の人も、作ったお米が全部自分たちの食料になるわけではありませんでした。ほとんど国に出さなければならなかったのです。

宝石や高価な着物も二束三文で食べ物に換えられました。でも、金のついているものはみな、国に出さなければなりませんでした。入れ歯に金を使っていた人は、入れ歯でも国に供出したといわれていました。

農家の人も、宝石はいらなかったかもしれません。気の毒に思ってお米に換えてくれたのです。

そうやってなんとか生活しているうちに、お母さんはとうとう起き上がれなくなってしまい、どんどん弱っていきました。

「建、お母さんが死んだらおじさんに相談してね。この家はお父さんが帰って置いておいてもらって」

お母さんの「死ぬ」という言葉に建ちゃんはとても不安でした。時々様子を見に来てくれるおじさんも心配していました。おじさんはお母さんの弟でした。

「うちがもう少し広かったら姉さんたちに来てもらうんじゃけどなあ。とにかく小さな一階の店と二階の部屋だけじゃからちょっと狭いんでなあ。店の休みの日に来てあげるぐらいしかできんで」

と申し訳なさそうでした。

「とんでもない。こうして来てもらえるだけ助かっているから。できた野菜はいるだけ持って帰ってね」

お母さんはかえってすまなさそうに言っていました。

「建のことだけど、私が死んだら、よろしくお願いしますね。心配なのは建のことだけだから」

「死ぬことなんか言いんさんな。そんなことは心配せんでいいから」

なんども建ちゃんのことを頼むお母さんを励ますように言っていました。

おじさんは店の暇な時間に庭の畑を手伝ってくれていました。おじさんの家は紙屋町《かみやちょう》の商店街にある小さな時計屋でした。おじさんの家には庭などないので、ここで野菜やさつま芋などを作って持って帰ってもらいました。おじさんも喜んでくれました。ほかに親類もなかったので、建にとっては唯一の頼みの綱のようなおじさんでした。

お母さんは暑くなってきて体がますます弱りました。ある日、建ちゃんの手を握りながらきれいな指輪を手に持たせたのです。これはお父さんが結婚する時にお母さんにあげた大切な指輪でした。

「これは困った時におじさんにたのんで売ってもらいなさい。しばらくの生活のお金にはなるでしょう」

「おかあさん！」

建ちゃんの呼ぶ声を聞きながら、お母さんは亡くなりました。ちょうどその日はおじさんが来てくれる日でした。おじさんは、うつむいてお母さんのそばにじっと座っている建ちゃんを見て、お母さんが死んだことを知りました。

「建ちゃん、悲しいかもしれんけど大丈夫じゃ。おじさんとこに来ればええけんね。建ちゃん一人ぐらいはなんとかなるよ」

おじさんが、建ちゃんに家に来るようにと言ってくれたのです。建ちゃんのお母さんのお葬式もおじさんの家で済ませました。今までの家と違って狭い家でしたが、おばさんも優しく迎えてくれました。二階に二つある部屋の小さな方を建ちゃんの部屋にしてくれました。タンスなどが置いてあった部屋です。おじさんとおばさんの部屋はとても狭くなりましたが、勉強できるようにと建ちゃんの部屋にしてくれたのです。家から建ちゃんの机だけを運びました。ほかのものは入れるような所がなかったのです。ただ、お父さんが弾いていたヴァイオリンを持ってきました。

おじさんには子どもがありませんでした。建ちゃんは今までもおじさんの家に遊びに来たことが何度もありました。店に置いてあるいろいろな時計が珍しく見てまわっていました。おじさんは頭に輪のついた眼鏡のようなものを付けて時計の中身を修理していました。細い針のようなものでゼンマイを一つひとつ動かしていました。材料もなかなか手に入らないし、時計の売り上げも少なくなっていました。それでも大事な時計だからと修理を頼むお客の注文はありました。建ちゃんはおじさんの時計修理をしているところが大好きでした。

建ちゃんは、おじさんの家に移ってからも時間があると自分の家の畑の作業に行きました。庭の野菜畑は大切な食料だったからです。それにもしかしたら、お父さんが帰ってくるかもしれないと思ったからです。

戦後ずいぶん経ってからわかったのですが、お父さんは南方の島で戦死していたのです。でも国からの通知は何もなかったので、お母さんと建ちゃんは、お父さんが戦地で亡くなったことは知らなかったのです。初めの頃はよく手紙が来ていたのに、最近では返事も来なくなっていました。

このころには日本の戦局《せんきょく》はひどいものになっており、特に南方の島での戦いは連絡さえも取れないようになっていたのです。そのことを国は国民に知らせていませんでした。ずっと戦争に勝っていると思わせていたのです。

悪夢のような原爆投下の日

昭和二十年八月六日。

建ちゃんは家に帰って畑をしていました。いつもはおじさんと来るのですが、夏休みなので一人で毎日来ていました。暑いので朝早く来ることにしていました。朝から暑い日差しで畑の仕事は大変でした。草むしりをしている時でした。何か光のようなものが見えた気がしました。建ちゃんは空襲かと思い、すぐに家に駆《か》け込みました。

それから先はよく覚えていません。気がつくと、奥の和風の部屋が半分以上崩れていました。

それでも建ちゃんが逃げ込んだ玄関わきの部屋はしっかりとした洋館造りだったおかげで、分厚い壁の向こうに逃げた建ちゃんは生き延びました。この部屋だけはおばあちゃんがピアノを弾いたり楽器を使ったりしていたので、外に音が漏《も》れないようにレンガを使ったがっしりとした造りになっていたのです。

建ちゃんは、はっとして（おじさんの家に帰らなくては）と外に飛び出して電車の通りまで行こうとしました。近所を見ると、隣を除いては壊れた家がほとんどでした。壊れた家の人たちは大騒ぎでした。けがをした人もいたようです。表通りに出た建ちゃんの目の前に広がっていたのは、壊れた家と倒れている人々の姿でした。遠くの方には燃えている炎が見えます。子どもの建ちゃんには現実とは思えないような光景でした。

（これは夢？）建ちゃんの頭は混乱していました。

電車は止まっていました。

建ちゃんは急いで線路沿いに歩いておじさんの家に帰ろうとしましたが、こちらに逃げてくる人たちを見て、身体が固まってしまいました。

逃げてくる人たちの姿は、大やけどをしたり血だらけになっていたりしていました。今まで見たこともないその様子に、建ちゃんは足がすくんでしまったのです。

どうやらとても大きな爆弾《ばくだん》が落ちたということは想像できました。紙屋町のあたりにも炎が見えていました。建ちゃんはもう、子どもの自分が行ってもどうにもならないことがわかりました。もしかしたらおじさんたちがこちらに逃げてくるかもしれないと思いました。気を取り直すと急いで家に戻りました。

　奥の部屋はつぶれていましたが、幸い洋館造りの方は、雨風は防げるぐらいの形が残っていました。ドアも壊れていませんでしたし、窓も割れていませんでした。一番奥の台所やふろ場も残っていました。水道をひねると思いがけないことに水もちゃんと出ました。

　家も壊れるような爆発があったのに、なぜ水が出ていたのかはわかりませんが、水さえあればなんとかなります。庭のまわりを見ると畑の上に出ていた野菜は見る影もなくぐちゃぐちゃになっていましたが、土の中にまだ育ちかけのサツマイモもありました。庭の隅の方にはジャガイモも残っていました。これだけあれば当分はなんとか食べていけます。

　おじさんたちが逃げてきた時のことを思って、まだつぶれないで残っていた押し入れから布団をいくつか引っ張り出して洋館の方へ運びました。夏は使いませんが、あのままだと押し入れも壊れそうでしたし、雨に濡《ぬ》れれば使えなくなるからです。十二歳の建ちゃんにしてはびっくりするほどの判断力と行動でした。これはお母さんが病気になって、お母さんの世話をするのに家のことを何でもできるようになっていたという経験が役に立ったのでしょう。倒れないで残っていたタンスから建ちゃんの服もいくつか取り出して洋館の方へ運びました。全部をおじさんの家に持っていっていなかったのがよかったのです。

建ちゃんは流れる汗を拭こうともせずに、洋館の方に何度も荷物を運びました。建ちゃんは先ほど見た人たちのことが頭から離れませんでした。何かをいっしょうけんめいにしていないと、どうしようもなかったのです。

何時間も待っていましたが、おじさんたちはいつまで待っても来ませんでした。家の中と外を何度も行ったり来たりしていたので、外に出てきた隣のおばさんが、建ちゃんが帰ってきていることに気がついてくれました。

「建ちゃん、帰って来とったんね。えらい壊れてしまったんやね。古いおうちやったからね。おじさんはいっしょなの？」

「今日はぼく一人です。おじさんたちが来るかと思って待っています」

「そう、だいぶん大きな爆弾だったみたいだから心配よね。おじさんたちがきんさるまで、うちにおりんさい。壁にうちにおることを書いて貼っておくといいから」

隣の家は塀が倒れていましたが、家本体は壊れていませんでした。建ちゃんの家よりもっと頑丈なコンクリートの箱型の家でした。紙に隣の家にいることを書いて目立つところに貼りました。それからしばらくの間、隣の家に入れてもらっていました。電灯だけはつきませんでしたが、普通に生活できていました。

心配している建ちゃんを見て隣のおばさんが言ってくれました

「子どもが探しに行くと危ないから、もうちょっと待って。うちのおじさんが帰ってきたら見に行ってもらうからね」

建ちゃんは気が気ではありませんでしたが、あの本通りの様子を思い出すと、確かに自分が行けるような状況ではなさそうでした。

暗くなって隣のおじさんが帰ってきました。

「いけん。八丁堀《はっちょうぼり》からむこうは焼け野原じゃ。何にも残っておらん。電車が燃えておったよ。役所も無くなってしまった」

隣のおじさんはたまたま仕事で己斐《こい》の方へ出向いていました。被害のあった家も多かったのですが、爆心地よりは少し離れていたので、助かったのでした。役所のようなコンクリートの建物でさえも壊れてなくなるのですから、木造の小さな家などはひとたまりもなかったのでしょう。

悲しいことに建ちゃんのおじさんの店も焼かれて、おじさんとおばさんはどこへ行ったのかわかりませんでした。おじさんの家の方は爆心地に近かったのです。建ちゃんだけが、たまたまこちらの家に来ていて助かったのです。

建ちゃんは早くおじさんとおばさんを探しに行きたかったのですが、何日たっても、隣のおじさんは行かないようにと言いました。

「建ちゃんみたいな子どもは探しに行ったらいけんよ。とにかく、死んだ人たちを一人でもちゃんと火葬してあげんといけんから、みんなで運んでおるところじゃから」

となりのおじさんは悲惨な状況を建ちゃんには見せたくなかったのかもしれ

ません。探しに行って、おじさんたちがすでに亡くなっている姿が見つかることも残酷《ざんこく》なことでした。

しばらくの間は、もしかしたらおじさんたちが怪我《けが》をしてはいても助かっているかもしれないと思い、隣の家に置いてもらって待っていました。今までの付き合いもあり、おじさんとおばさんとお嫁に行くぐらいの年のお姉さんがいましたが、とても親切にしてもらいました
隣のおじさんが、被災した人たちが避難しているようなところを聞いて回ってくれましたが、建ちゃんのおじさんたちの情報は何も入ってきませんでした。

隣のおじさんは県庁に勤めていました。少し上の役職にあるようでした。役所の後片付けで毎日忙しそうにして、食べる物を持って帰ることがたまにあるぐらいでした。役所の人もたくさん亡くなったのです。隣のおじさんも日に日に疲れが出ているようでした。帰ってきても何かを思っているのか、黙って座っていることが多くなりました。

建ちゃんも世話になっているので、家の畑をしながら少しでも隣の家の人に

役に立つようにしたかったのですが、崩《くず》れた家のがれきが庭に広がっていて畑をするところはほとんどなくなっていました。畑の上に出ていた野菜はだめになっていました。それでも、以前に植えていたジャガイモやサツマイモやカボチャなどがれきの下にありました。そこを片付けながら、すこしでもと掘り出しました。サツマイモやカボチャはまだ食べるほどに成長していなかったので、ジャガイモを掘り出してみました。ジャガイモは小さいけれどいくつも根っこについていました。それを隣のおばさんに渡しました。

「まだ、これぐらいしか育ってないけど。もう少しするとカボチャができると思います」

「まあ、ありがとう。でも食べる物はなんとかなるから、そんなに建ちゃんは心配せんでいいよ」

隣のおばさんは、ジャガイモを受け取りながら笑って言ってくれました。

原爆が落ちてから初めての雨が降りました。真っ黒な雨でした。黒い灰のようなものが庭中に降り積もりました。気持ちが悪いし汚いので雨がやむと、みんなで庭中に水を撒いてできるだけ洗い流しました。

幸いしたのは、がれきが畑の上にかぶさっていたので、土の中のジャガイモやサツマイモは汚れませんでした。がれきの下でちゃんと育ってくれました。特にカボチャの生命力はすごいものでした。がれきの下でどんどん葉を茂らせていきました。

それからは黒い雨はだんだん降らなくなりましたが、この雨にはたくさんの放射能があったことはずっと後になってわかったのです。この雨に濡《ぬ》れた多くの人が髪の毛が抜けて原爆症を発症したといわれています。

優しかったおじさんとおばさんに引き取られて、お母さんを亡くしてはいましたが、建ちゃんは幸せでした。おじさんに時計のことを教えてもらい、おばさんは少ない食料の中で、建ちゃんがお腹を空かすことがないように自分たちの食べる物を減らしても建ちゃんに食べさせるように気づかってくれました。まるで自分たちの子どものようでした。その幸せな生活が一瞬にして奪いとられたのです。建ちゃんはおじさんやおばさんのことを思っても涙も出ないことに気がつきました。心が空っぽになっているのです。焼けただれて恐ろしいような姿で逃げてくる人たちを見た時から、まるで感情がなく悪夢を見ていたような気がしました。

独りぼっちの時間の始まり

時間はあっという間に過ぎていきました。近所で助かった人たちは次々とどこかへいなくなりました。隣の家に世話になってから寒い冬を越えて、次の年の三月でした。ある日、隣のおばさんが困ったように建ちゃんに話しました。

「建ちゃん、悪いんじゃけど、私らは親戚の家に行くことになったんよ。そこで今後どうするか考えることにしたんじゃけど。家はこのまま置いていくから、また帰ってくると思うけど。建ちゃんどうする？　知り合いが他におる？　おらんかったら、うちのお父さんから建ちゃんのことを役所に頼んでみるけど」

　戦争中には、子どもを疎開させることを役所がしていたので、おじさんは相談してくれるというのです。広島以外の施設で預かってくれるかもしれないからです。

　建ちゃんは広島を出て遠いところに行きたくはありませんでした。

「おじさんたちがもしかしたら生きとるかもしれんから探します」

　建ちゃんはそう言ってお礼を言って隣の家を出ることにしました。おばさんはとても心配そうでした。でも建ちゃんの決心が固いのを見て、あきらめたようです。

「ここにしばらくおって、どうしても困ったら、役所に行ってうちのおじさんに相談してね。きっとよ」

と言ってくれました。おじさんは県庁の仮宿舎に入るとのことでした。原爆の後のことで仕事が大変で家に帰ることができないからだそうです。けれども隣のおじさんは仕事で忙しくしていたのか、とうとう顔を見ることはありませんでした。

　近所の人もいなくなり、おじさんやおばさんの消息もわからず、どうしたらいいかわからないまま、残った洋館造りの部屋で暮らし始めました。水が出ていたのは本当に幸いでした。食べ物は、隣のおばさんが腐らないようなものをいろいろと残していってくれました。食料をどこからか買ってきていたようです。魚の缶詰もありました。麦と貴重なお米も少しおいていってくれました。何よりだったのは前の年に収穫していたジャガイモやカボチャが残っていたことでした。

料理というほどではありませんでしたが、お母さんが寝込んでいた時、教えてもらいながら作っていましたので、簡単なものを作ることができました。それでもたいがいは、ジャガイモを大きく切って、ほんの少しお米と麦をパラパラと入れて野菜や草を細かく切って入れおかゆのようにして炊いたものでした。それはお腹を満たすには十分でした。

台所は残っていましたけれども、コンロは使えませんでした。でも、マッチなどは残っていました。ここに帰ってくることもあったので、台所の醤油《しょうゆ》や塩なども全部をおじさんの家に運んでいなかったのです。食器もほとんど置いてありました。

煮炊《にた》きするには外でかまどを作って鍋《なべ》をのせて作りました。燃料は庭にある木の折れたものを使いました。広い庭にはたくさんの木が植えてありましたから、時々枝を折って乾かしておきました。太い木を燃やすと炭ができましたのでそれも燃料になりました。火鉢《ひばち》も割れずに残っていましたので、夜など寒くなった時にこの炭が役に立ったのです。

これは全部お父さんが教えてくれたことです。庭の木の手入れや落ち葉の掃除をする時に、庭にレンガを積んでかまどを作り、その中で枯葉などを燃やしていました。太い木で炭も作っていました。そこにサツマイモを入れて焼き芋をしたこともありました。建ちゃんがお父さんと一緒に作業をしていたことが役に立ったのです。

水が出ていたので、洗濯をすることもできました。ここで畑をするので手や体を洗うために石鹸《せっけん》なども残してあったのです。着替える服もありました。畑をするのに汗をかくので着替えを持っていくようにとおばさんが準備してくれていたのです。冬のものはまだ少しここに置いてありました。壊れた部屋のタンスから持ち出すことができました。

暑い時期だったので、洗濯をするとすぐに乾きました。もちろん、十分にきれいになったとは言えませんでしたが、見苦しくない程度に建ちゃんは身体をきれいにすることができました。建ちゃんは、だんだん一人暮らしにも慣れてきました。お金も少しですが、おじさんから何かあった時のためにともらっていました。

少し落ち着いてきて外へ行ってみようと思い立ちました。外の様子があまりわからなかったからです。隣のおばさんから危ないから外には行かんようにと言われていたので、ほとんど外出をしていませんでした。

建ちゃんは駅前の方が少し建物も残っており、人も住んでいましたので、そこに向かったのです。水筒《すいとう》もそばにありましたので大事に肩に掛《か》けました。暑い中、歩いていくと汗が流れるように出ました。建ちゃんはその汗もふき取ることもせずにひたすら歩いていきました。橋を渡るとやっと着きました。半年以上たって広島駅の付近では、もう小さな出店も開いていました。

駅前には多くの人が被災し、たくさんの人が逃げてきていました。電車でどこかへ向かう人もいました。そういう意味では独りぼっちではなかったのです。道で寝ている人や建物の横に座っている人もいました。同じような境遇の人たちの姿があることで、こわさや悲しみも少し薄らいだのです。建ちゃんは時々、広島駅まで出かけるようになりました。

そして、出かけた駅付近で次々にほかの子どもたちと出会ったのです。

由美ちゃんだけは、建ちゃんの家の近くで雨に濡《ぬ》れて立っていたのを連れて帰ったのですが、ほかの子どもたちはみんな広島駅付近で出会った子どもたちでした。建ちゃんと子どもたちがなんとか生きてこられたのは、生きていくのに必要な条件がかなりそろっている大きな家が残っていたことです。それと、まだ小学生だった建ちゃんでしたが、生活するのに必要な家事ができたことと、思慮深さを持っていたことでした。

それまで生活は苦しくてもお母さんやおじさんたちと一緒に暮らして、かわいがられて幸せだっただけに、その生活はよけいにつらいものだったと思います。それでも、建ちゃんは自分と同じように親を亡くした子どもたちの面倒をせいいっぱい見ていたのです。

なにも話さない女の子

由美ちゃんとの出会いは、建ちゃんが駅前に出かけだしてから早い時期でした。ある日、駅から帰っていると雨が降ってきました。原爆が落ちてからしばらくは、雨は黒い雨でした。気持ちが悪いので建ちゃんはできるだけ濡れないようにしていました。その頃は黒い雨ではなくなっていましたが、それでも嫌《いや》な雨でした。

家の近くまで頭から拾った新聞紙をかぶって走って帰ってくると、小さな女の子が立っていました。建ちゃんを見るとこわがっている様子で家のかげに隠れようとしました。建ちゃんは、あわてて呼びかけました。

「こわがらんでいいよ。ちょっと待って」

家の屋根の雨にあたらないところに入ると新聞紙を頭からどけて女の子を手

招きしました。女の子はゆっくり建ちゃんに近づいてきました。

「一人なん？」

女の子は黙っていました。頭からびっしょりと濡《ぬ》れていました。

「濡れるからおいで。ここ、ぼくの家やからだいじょうぶやけえ」

女の子は建ちゃんの優しそうな声に安心したのか近づいてきました。

ドアを開けて女の子を入れました。中に入ると女の子は驚いたような顔をしました。そこは赤い花柄のある分厚いじゅうたんが敷いてありました。黒いピアノが置いてあって、横に変わった形をした長椅子と小さな椅子が二つ置いてありました。その椅子も赤くてフカフカしたきれいな椅子でした。

ここだけ別世界のようでした。女の子がじっと立っているので建ちゃんは声をかけました。女の子にタオルを渡しました。

「何か着替える物を探してくるからタオルで髪の毛を拭《ふ》いとって」

女の子は長い髪をしていたので、しずくが落ちていました。

急いで奥のタンスのところに行ってお母さんの服を探しました。きれいな水色のワンピースがありました。

「これ、ちょっと大きいかもしれんけど着られるかな？」

女の子はうなずきました。

建ちゃんは女の子が着替えるまで奥の台所で食べる準備をしました。雨が降るときは外のかまどは使えないので、台所に置いてある火鉢を使いました。炭はたくさん作ってありました。バケツの中で細い木を燃やして消し炭に火をつけると火鉢にたくさん入れました。いつものようにジャガイモを切って、女の子がいるのでお米を少し多くしました。火鉢に鍋をかけると部屋に戻りました。

女の子は着替えて椅子に座って待っていました。少し丈は長いけれど半袖のお母さんのワンピースはちゃんと着ることができていました。青い長いドレスを着ているようでした。

「おひめさんみたいやね」

と建ちゃんが言うと、女の子は少し恥《は》ずかしそうにして初めて笑顔を見せました。

それからは少し建ちゃんに慣れてきたのか、建ちゃんの後について台所に来ました。

「濡《ぬ》れたものは洗濯《せんたく》せんといけんけど」

と言うと女の子が自分ですると言いました。建ちゃんは小さな女の子だと思っていたのですが、しっかりした返事だったので、思っていたより大きいかもしれないと思って年齢を聞きました。

「としはいくつなん？」

「十歳」

と女の子は小さく答えました。

七、八歳かと思ったのですが、やっぱりもう少し上でした。建ちゃんはそれなら洗濯はできると思って台所で洗濯をするように言いました。女の子は自分で流しのところで洗っていました。

建ちゃんはその間にさっきの鍋の様子を見て食べる準備をしました。

「ご飯できたよ。ここに座って」

と女の子を呼びました。女の子は今まで何も食べていなかったのか、鍋のご飯を見て驚いたようでした。

「このジャガイモは庭でつくったぶん。おいしいよ」

女の子は本当においしそうに食べていました。もし、長い間食べていなかったのなら、おじやのような今日のご飯でちょうどよかったのです。ひどい空腹の時に固いものを食べると胃がけいれんをおこしたり、お腹が痛くなったりするからです。

この女の子は由美という名前であることもわかりました。こうして由美ちゃんとの生活が始まりました。ただ、由美ちゃんは体が弱そうでした。ちょっと大儀《たいぎ》そうに横になったり、食欲がなかったりしました。建ちゃんは心配だったので、駅まで行かなくなりました。由美ちゃんを連れて行くには、歩くのに由美ちゃんの体が心配だったからです。だからといって由美ちゃんを置いていくことも難しかったのです。由美ちゃんは建ちゃんのそばにいつも心細そうにくっつくようにして離れなかったからです。何かとてもこわがっているようでした。

それと、親のことを聞いても、家のことを聞いても、どうして建ちゃんの家の前にいたのかを聞いても何も答えなかったのです。ただ黙ってうつむいてしまうので、建ちゃんもそれ以上聞くことをやめました。それで建ちゃんも由美ちゃんのことについてはまったくわからないままだったのです。

庭の畑では、去年、掘り残していたのかジャガイモの芽が出ていて、カボチャも種を捨てていたのが生えてきて小さな実がつきはじめていました。もう少しすると食べられそうです。去年、収穫したものも残っていましたし、隣のおばさんからもらったものもありました。買い物には出かけられないけれど、しばらくは野菜だけの生活でもいいかと建ちゃんは思いました。お腹がすくことはなかったからです。

だれもいなくなった

私たちと出会った時、建ちゃんと一緒にいた少し大きい男の子、次郎くんは本当の意味の原爆孤児です。原爆投下によって家族を一度に全部失ったのです。

原爆投下の日、次郎くんのお父さんは会社へ。兄の一郎くんは中学生でしたが、夏休みなのに朝早くから工場へ行かされていました。学徒動員です。二人が出かけた後、すぐにお母さんは親戚の家に出かけることにしたのです。

「次郎ちゃん、今日はお兄ちゃんの誕生日だからお祝いしてあげたいんよ。比《ひ》治山《じやま》のおじさんのところへ行って小豆《あずき》が少しでもあればもらいに行くけど、あんたも一緒に行く？　ハスの実もできてると思うし」

比治山は山というより大きな丘と言ってもいいぐらいの低い小さな山です。親類のおじさんの家はそのふもとにあり、畑や田んぼを持っていました。レンコン畑もありました。そんなに大きな農家ではありませんが、野菜やお米を分けてくれていました。農家に親類があることは本当に助かっていました。その代わり、レンコンの収穫時にはみんなで手伝いに行きました。レンコンの収穫は大変なのです。泥の田んぼに胸まで浸《つ》かってレンコンを掘りあげました。田んぼのふちに掘りあげたレンコンを置くのですが、それを折らないようにリヤカーに積んでいきます。ですから人手が必要なのです。

次郎くんはそのレンコンの田んぼが好きでした。レンコンは夏になるときれいな大きな桃色のハスの花を咲かせます。それが終わるとハスの実がいっぱい入ります。ハスの実はとても栄養になるので、大事な食料でした。ちょうど今頃がハスの花の咲く季節です。いつもなら次郎くんもついていくのですが、約束がありました。

「ぼく、勇ちゃんの家に遊びにいってもいい？　約束してるから」

「駅前に引っ越した子の？」

「うん、宿題も持っていくから。ちゃんと勉強もしてくる」

「いいけど。きちんとおばさんに挨拶《あいさつ》せんといけんよ」

「わかってる」

「電車で行くんよね。お金も忘れんと持っていきんさい」

ちょっと早いけれど次郎くんはカバンと水筒《すいとう》を持つとお母さんより早く出かけました。

次郎くんが電車に乗って広島駅に着く頃でした。遠くの空がすごく明るく光って見えました。そのあと、地震のような揺れが来ました。電車は止まりました。

「空襲じゃろうか？　すごい揺れじゃったけど。飛行機は飛んでたなあ」

「大きな雲が出よるよ。そんとに大きな爆弾じゃったんやろか」

電車に乗っていた人たちが口々に言って八丁堀の方を眺めました。

きのこのような雲が上がっています。それはなかなか消えませんでした。

「また爆弾が落ちるかもしれんから、早く駅に入らんと」

次郎くんもせかされてみんなで駅まで走りました。でも、その後は、空には静かに黒い雲が広がっていきました。何が起きたのかわかりませんが大きな爆弾が落ちたようでした。袋町《ふくろまち》や本通りの方向に赤い炎も見えました。駅前の家も古い建物が倒れたり崩れたりしていました。近くで火事が起きていなかったのは幸いでした。

それからどのくらいたったでしょうか。広島駅の方に向かってたくさんの人がぞろぞろと歩いてきたのです。逃げてきた人たちです。火傷《やけど》をした人や服もボロボロになった人たちが歩いてきたのです。まるで幽霊のようでした。駅前は大混乱になりました。どれほど大きな爆弾だったのでしょうか。

次郎くんはお母さんが心配になりました。家に帰らなければと走って電車の線路の方に向かっていこうとしたとき、

「行ったらいけん！」

と止める女の人がいました。線路わきのビルの壁にもたれて座っていました。

「そっちへ行ったらいけん！」

となんども止めました。

「もう火の海じゃけえ。みんなやっと逃げてきたんよ。行ったらいけん！」

女の人は髪も焼けて服から出ているところは火傷《やけど》をしていました。次郎はなんだかほうっておいてはいけないような気がしました。お母さんのことは心配でしたが、たぶん、比治山のおじさんの家にいるから大丈夫だと思いました。

女の人は苦しそうでした。次郎はカバンに水筒《すいとう》を持っていました。この頃は空襲になると防空壕《ぼうくうごう》に隠れるので、必ず水筒だけは持ち歩いているのです。その水筒の水を女の人に渡しました。女の人は、

「これは坊《ぼう》やの水やから、もらうわけにいかん」

と言って飲みませんでした。むこうを見ると駅の水道がありました。

「だいじょうぶや。むこうに水があるけえ。またくんでくる」

と言うと、女の人は
「水が出ているんね。ありがとう。そんなら飲ませてもらうね」

と言って、やっと飲んでくれました。若い人なのか年をとっている人なのかわからないぐらいに顔も火傷をしていました。ただ、きれいな若い声でしたから、お姉さんかなと思いました。

そうやって次郎くんは女の人の横にいましたが、しばらくすると、女の人は眠ってしまったように見えました。次郎くんはそっと立って、水を汲《く》みに行きました。水道のまわりは人がいっぱいでした。だいぶん並んでやっと水を入れることができて、戻ってきました。女の人はまだ眠っているようでした。

「おねえさん」

と声をかけてみました。女の人は何も反応しませんでした。次郎くんは何度

も呼んでみました。すると、そばにいた男の人が女の人の顔を見て、

「もう息をしとらんのじゃないね」

と女の人の口元に手を当てました。男の人は次郎くんを見て首を振りました。

女の人は死んでいました。

「あんたのお姉さんか？」

と聞かれました。次郎くんは首を振りました。

「そうか。でも水も飲ませてあげてかしこかったなあ。きっと喜んでおるよ。それにあんたがいてひとりぼっちじゃなかったから、よかったと思ってるよ」

おじさんの言葉に次郎くんは涙が盛り上がってきました。生まれて初めて人が死んでいくのを見たのです。

どこの誰かもわからない女の人でした。誰かわかるようなものは何も持っていなかったのです。着ていたモンペに名前を張り付けてあったようですが、そこも焼けていました。次郎くんはどうしていいかわからずにいました。すると
その男の人は

「後はわしがちゃんとするから、だいじょうぶじゃ。家があるんか？　家族は？」

とたずねました。

「わかりません。行ってみないと」

「そうか。どのあたりや」

と聞くので

「流川《ながれかわ》のあたりです」

と答えると男の人は、ちょっと次郎くんの顔を見てから、遠くを見るようにして少し気の毒そうに言いました。

「あのあたりなら、家があるかどうか難しいのう」

そして次郎くんをあまり心配させまいとしたのか、持っていた焼いた芋を新聞紙から出してくれました。

「腹がへったじゃろ。これ、食べて元気だしんさい。ちょうど昼めし用に持って来とったから。わしは家に帰れば食べるもんはあるけんね」

次郎くんはそれを見るとお腹がすいているのがわかりました。もう昼を過ぎていたのです。

「ありがとう」と言って、焼き芋の硬くなった端《はし》をかじりました。

「甘いね」

と言うと
「そうじゃろ。家の畑でつくったんじゃ。あんたは何年生じゃ？」

「四年生」

「ほうか。四年生か。うちの子よりは小さいんやな。よう、あの女の人の世話をしてあげたんやな。ほんとにえらかったなあ」

もう一度、次郎くんをほめてくれました。一人でどうしようもないときに、おとなの人からこんな風に言ってもらえたことで、次郎くんは勇気が出てきたような気がしました。

おじさんとしばらく一緒にいましたが、おじさんが後のことはちゃんとするからと言ってくれたので、そこを離れました。

次郎くんは、あちらこちらにたくさんの死んでいる人を並べている様子に、それが死んでいる人とは思えませんでした。次郎くんの年齢では、この経験は説明のしようのないものだったことでしょう。

流川の家まで帰るにしても電車もなく、むこうの方からまだまだ人が逃げてくるのです。お母さんには広島駅の近くの友だちの家に行くと言ってありましたから、きっと探しに来てくれると信じて、友だちの家に行くことにしました。

駅の裏を通って少し山の方にある勇ちゃんの家につきました。勇ちゃんの家は何も壊れずにありました。家には一人で勇ちゃんがいましたが、家族はいませんでした。

勇ちゃんは、疲れた顔をして現れた次郎くんを見てびっくりして言いました。

「どうしたん？　朝に来るかと思ってたのに」

次郎くんはそのことへの返事はせずに

「おばちゃんは？」

「おばあちゃんと妹を探しに行っとる。まだ帰ってこんのや」

「どこに行ったん？」

「デパートに買い物に行ったんやけど、帰ってこんから、おかあちゃんが探しに行ったんよ」

「デパートって駅前じゃなくて、八丁堀のか？」

「うん、なんか爆弾が落ちた言うて、みんながさわいでおったから心配して」

次郎くんは不安になりました。さっき駅前で見たことを話す気にはなりませんでした。それを言えばきっと勇ちゃんは心配するからです。

だんだん日が暮れてきました。勇ちゃんのお母さんも帰ってきませんし、次郎くんのお母さんも迎えに来ません。二人で心配していると、だいぶん暗くなってから勇ちゃんのお母さんが帰ってきました。真っ青な顔をしています。おばあちゃんも妹も見つからなかったといって玄関の上り口に座り込みました。

「どこもかしこも崩れていてなんにもなくなっていたんよ。どこに行ってしまったんやろ。人がいっぱい死んでた。駅前も大変なことになってた」

話しながら、勇ちゃんのお母さんは、体が震えているようでした。

その日はみんな、暗い顔をして過ごしました。次郎くんも勇ちゃんのお母さ

んが

「今日は遅いからきっと明日は迎えに来てくれんさるやろうからここにいなさい」と言ってくれたので、泊めてもらうことになりました。

おばさんはずっと起きておばあちゃんたちが帰ってくるのを待っていました。勇ちゃんと次郎くんには味噌《みそ》を付けたおにぎりを作ってくれましたが、おばさんはご飯も食べませんでした。

結局、勇ちゃんのおばあちゃんも妹の洋子ちゃんも帰ってきませんでした。次郎くんのお母さんも来てくれなかったのです。

勇ちゃんのお父さんも市内の銀行に勤めていたのですが、帰ってきませんでした。あくる日、銀行の人から勇ちゃんのお父さんが亡くなったという連絡が来ました。銀行の仕事でお客さんのところに行っていて亡くなったのです。

あまりのことに、勇ちゃんのお母さんは茫然《ぼうぜん》としていました。おばあちゃんや洋子ちゃんのことだけでも気が狂うようして探していたのに、お父さんまで死んでしまったからです。お父さんの遺体《いたい》は会社の人が運んできてくれました。

お葬式も会社の人たちできちんとしてくれましたが、まわりが大変なことになっているので、親類も誰も呼ぶことはできませんでした。

その間も勇ちゃんのお母さんは、帰ってこないおばあちゃんと洋子ちゃんを心配していました。勇ちゃんも勇ちゃんのお母さんも泣いている暇もなく、お葬式が済むと、また、探しに出かけていきました。

次郎くんは、誰も迎えに来てくれないので、勇ちゃんの家にいることになってしまいました。お母さんも来てくれないのですが、お父さんもお兄ちゃんもどうしたのでしょうか。

何日たっても、とうとうおばあちゃんたちは見つかりませんでした。お父さんを亡くした勇ちゃんたちは、しばらくはここに住んでいました。次郎くんも一緒にいました。勇ちゃんがいてくれたおかげでなんとか過ごせた次郎くんでした。

勇ちゃんとお母さんは、おばあちゃんと妹のことが、もしかして連絡が来るかもと願いながら翌年になっても待っていました。でも、勇ちゃんの家はお父さんを亡くして生活は大変でした。一年近くたってもひどいありさまの広島の街を見て、とうとう探すのをあきらめて勇ちゃんのお母さんのふるさとの岡山へ引っ越すことになりました。それは勇ちゃんのお母さんの体の様子が悪くなっていたのです。「たいぎい、たいぎい」と言って、横になることが多くなりました。五月になって少し暑い日が多くなってくると、勇ちゃんのお母さんは貧血を起こして倒れるようになりました。

その頃、広島の人たちは、まだ放射能のこわさを知りませんでした。直接的に原爆を受けたわけでもなく、別に怪我《けが》もしていないのに、放射能はおばさんの体をむしばんでいたのです。原爆が落ちた後にすぐに、おばあちゃんたちを何度も探しに行ったからです。原爆投下直後の広島の街は放射能でいっぱいだったのです。それを体にたくさん浴びてしまったのでした。

次郎くんも一緒に岡山へ来るようにと言ってもらったのですが、ここを離れることができませんでした。次郎くんは、まだ、家族が死んでしまったことを知りませんでした。きっと迎えに来てくれると信じていました。

「ぼくも家に帰ってみる。みんな帰っているかもしれん」

「やっぱり帰ってみるん？」

勇ちゃんのお母さんは、次郎くんの気持ちもよくわかりました。自分も同じようにおばあちゃんたちのことが思い切れなかったからです。でも、原爆が落ちてから半年以上もなっていましたから、もう早いところでは少しずつ家が建ち始めていました。このころになっても何にも連絡がないのは、もう絶望的だと思ったのです。それに自分も次郎くんと勇ちゃんの面倒を見ることができなくなっていたのです。

「でも、子どもが一人では危ないからね。それに明日には、岡山から車がむかえにくるけえね。時間もないけえ」

おばさんはそう言って、次郎くんが探しに行くことに賛成してくれませんでした。

引っ越しの準備をするのに奥の部屋に行ってしまいました。

勇ちゃんはおばさんと同じように次郎くんが行くことを止めました。

「おかあちゃんの言うとおりじゃ。ぼくと一緒に岡山に行こう。玄関に岡山の住所を貼《は》っていくから」

次郎くんは黙っていました。勇ちゃんの言うとおり、探しに行っても見つかるとは思えませんでした。それでも次郎くんはあきらめきれなかったのです。勇ちゃんが奥に行ったすきに、こっそり家を抜け出しました。カバンの中にお金と乾パンが入っていました。水筒も忘れずに肩にかけて見つからないように走って家から離れました。広島駅を通り抜けて市電の駅に出ました。勇ちゃんの家の方向を向いてごめんなさいと頭を下げました。せっかく一緒に行こうと言ってくれたおばさんにお礼を言うことができないで出てきたからです。

電車は止まっているので、ずっと歩いていきました。流川まで歩くのは大変な距離でした。広島駅から橋を渡って比治山の方に向いて電車の線路に沿って歩いていきました。何時間かかったのかわかりませんが、もう一つ橋を渡って流川の家に行くまでには、もうどこかわからないほど町は変わっていました。

川べりには、板やトタンで造ったような家が建っていました。焼け出された人たちが建てたのでしょう。

でも、このあたりだと思うところには、がれきの山があるだけで家は一軒もありませんでした。次郎くんの家は焼けてしまっていたのです。何にも残っていませんでした。びっくりしたのはくっつくはずのない茶碗《ちゃわん》と鍋がくっついていたり、石と石がくっついていたりして、原爆の熱がどれほど高いものだったのかを証明していました。それはとても気味が悪い形でした。

本当にここが家だったのか。次郎くんは信じられませんでした。知っている人も誰もいませんでした。次郎くんはこのまわりをうろうろと歩きまわりました。日が暮れてきても次郎くんはそこにいたのです。乾パンを食べて、川岸に降りて焼けずに残っていた橋の下で寝ました。次の日もそこで待っていたのです。もしかしたら、お父さんかお母さんが探しに来てくれるのではないかと思ったのです。

でも三日目には食べる物もなくなりました。からだも少しずつだるくなってきたのです。次郎くんは仕方なく広島駅に向かいました。帰りは体が思うように動かないで、時間がかかっていました。着いた時には倒れそうでした。もう、引っ越しの日はとっくに過ぎていました。勇ちゃんの家にはもう誰もいないはずです。それに勝手に出てきてしまったので、行くことができませんでした。（もしかしたら待っていてくれたかも）と思ったりしましたが、岡山から車が迎えに来ると言っていたのでそれはないと思いました。

次郎くんが休むところを探してフラフラしているところを建ちゃんが見つけたのです。建ちゃんは由美ちゃんがだいぶん慣れてきて、一人で留守番ができると言ったので、ひさしぶりに広島駅まで出かけてきたのです。

「どうしたん？」

建ちゃんの呼びかけに、次郎くんは振り向きました。

「家族を探しとるんやけど見つからん」

「そうなんか。お腹がすいとるみたいやな。ちょっと待ってて」

建ちゃんは出店の方へ走っていきました。

「おじさん、何か食べる物ある？　安いものでええけど」

建ちゃんを見た店の人は、相手が十二、三歳の子どもだったのでちょっと首をかしげました。でも身なりはそんなに悪くありません。まさか孤児になっているとは思わなかったのでしょう。

「お金はあるんか？」

「少しだけ。あの子に何か食べさせたいから」

むこうの方に座り込んでいる男の子の姿が見えました。

「弟か？」

「ううん。よその子じゃけど、家族を探してるいうけえ。お腹がすいているみたいなんじゃ」

それを聞いた店の人は驚いたように建ちゃんの顔を見ましたが、

「ふうん。よその子に買ってやるんか？」

そう言うと、奥から蒸しパンのようなものを二つ差し出しました。

「まけとくな」

「ありがと。いくらですか？」

「まあ、少し硬くなってるから五十銭で」

「一つで？」

「いいや、二つでや」

五十銭では当時としては買えないものでした。自分のためではなく、しかも知らない子のために買おうとしていた子どもを見て、おとなとしてはこんな子どもからたくさんとるわけにはいかないと思ってくれたのでしょうか。

建ちゃんは二つの蒸しパンを持って走っていきました。

疲れきっている次郎くんを呼んで、二つとも食べさせました。できるだけ使わないようにしていたお金は少し減りました。由美ちゃんのために何か買おうと思ってきたのですが、今日はやめにしました。

「うちの家に来るね？　壊れた家じゃけど」

どこにも行く当てもなくなっていた次郎くんは黙ってうなずきました。

「ちょっと、ここからは遠いけど、歩けるか？」

歩いていくしかありません。でも、次郎くんは体がだるくて歩くことができませんでした。それでしばらく休んでから、二人はまた、橋を渡って幟町の方へゆっくり歩いて帰りました。

建ちゃんの家に戻ると女の子がいたので次郎くんはちょっとびっくりしました。女の子は次郎くんを見るとすぐに建ちゃんの後ろに隠れました。由美ちゃんです。

「大丈夫。今日からこの子も一緒にここにおるからね」

次郎くんは由美ちゃんにぺこんと頭を下げました。

建ちゃんの妹かと思ったからです。

それから次郎くんは建ちゃんたちと暮らし始めました。

後でわかったのですが、お母さんは比治山《ひじやま》のおじさんの家に着くまでに、ちょうど爆心地の近くにいて亡くなっていたのです。お父さんは会社のビルが崩れてそこで亡くなりました。お兄ちゃんの一郎くんは工場の外へ逃げ出す時に爆風で飛ばされて亡くなっていました。

みんな、何と離れた別々のところで原爆の犠牲になっていました。そんなことがあるでしょうか？　残されたのは次郎くんだけだったのです。

シスターに保護されてから、比治山のおじさんの家についても調べてもらいましたが、そこも残っていなかったのです。比治山のふもとは爆心地に近かったところと、比治山の裏に回ったところでは被害が全然違ったのです。比治山の裏側はほとんど被害がなく残っていました。

原爆は次郎くんの両親や兄だけではなく、親類までも、すべてを奪ってしまったのです。

兄と妹

小さな妹のみっちゃんを連れていた和夫くんは、実は私たちに会う十日前に母親が亡くなっていたのです。父親は戦争に行ったと言っていました。家を焼かれて、そこに小さな小屋を建てて暮らしていたようです。親戚や知り合いもなく、近所の人もみな知らない人ばかりになっていました。近所が焼けて、知らない人たちが小屋を建てて住みだしたからです。

夏のうだるような暑さの中、泣いているみっちゃんを連れて、どうしたらよいか途方に暮れながら広島駅付近をうろうろしていたところを、買い物に来ていた建ちゃんが見つけたのです。

「どうしたん？」

「妹のみっちゃんが泣くから」

と男の子は困っていました。

「おかあさんを探してるの？」

「おかあちゃんは死んだ」

「お葬式とかはどうしたん？」

「誰かがおかあちゃんを連れて行った」

状況はよくわかりませんが、原爆で死んだたくさんの人と同じように、近所の誰かが役場の決めたところに運んでくれたのではないかと建ちゃんは思いました。

「家はどこにあるん？」

「あっちの方」

「ふーん。ほかの人は？」

「おらんよ。ぼくらだけ」

「二人だけなんやね。わかった。家に連れて行って」

建ちゃんは、女の子を背負いました。女の子は黙って建ちゃんの背中に背負われていました。駅から少し西の方へ行った所にその小屋はありました。


ませんでした。

小屋の中には生活していたいろいろなものが残っていました。近所にはバラックがいくつか建っていましたが、だれもこの子たちの面倒を見ているふうではありませんでした。このままだと食べる物もなくなり死んでしまうかもしれません。建ちゃんの家に連れて行った方がなんとか食べていけるので、このまま置いておくよりましかもしれないと建ちゃんは思いました。

「ぼくの家に引っ越しをしてくる？」

男の子はびっくりしたようでしたが、みっちゃんを見て二人では暮らすのは難しいと思ったのでしょう。首を縦に振りました。

「ほんなら、一緒に行こう。今日は、たくさんは持っていけんけど、すぐいる物とか大事なものがあったら持っていこうか」

そこで、着替えや残っていた食べ物や、お金も男の子のお母さんが少し残していましたので持っていくことにしました。ほかのものは、建ちゃんがまた取りに来ることにしました。

ここから幟町の家までは橋を渡っていけばそんなに遠くありません。でも、みっちゃんのような小さい子がいるとやっぱり時間はかかります。

建ちゃんは二人を連れてやっとのことで家に戻ってきました。家には由美ちゃんと次郎くんが待っていました。

「ただいま。ともだちをつれてきたよ」

次郎くんがびっくりして出てきました。

「だれなん?」

「次郎くんと一緒や。駅前におったんよ」

次郎くんも納得《なっとく》したようでした。建ちゃんは背中の女の子を下ろすと由美ちゃんに声をかけました。

「由美ちゃん、この子、遊んでくれん?」

由美ちゃんはそろそろと出てきて女の子を見ました。

「みっちゃんっていうんよ」

「うん」

由美ちゃんはうなずくと、みっちゃんの手を取りました。みっちゃんも女の子だったので安心したのか、いやがらないで手をつながれていました。それからはいつでも由美ちゃんと一緒にいるようになりました。

五人の子どもたちにとって、この部屋は暮らすのには十分でした。食べ物もなんとかありましたし、和夫くんの家からも持ってきたので当分の間の暮らしはできました。

ですから私たちが会った時、欲しいものを聞いたのですが、

「食べ物はあります」

と言ったのはこんな理由だったのです。この子どもたちが、食べる物を得るために悪いことをする必要がなかったことは本当に幸いでした。しっかりした

建ちゃんの生活力が小さな子どもたちをきちんと生かしてくれたのです。それと建ちゃんを助けてくれたおとなたちがいました。

和夫くんは次郎くんより年下でした。それでも和夫くんと次郎くんがいるようになったおかげで建ちゃんはなんだかここで暮らすのが、少し楽しくなりました。食事の用意も、みんなでかまどを囲んで作ることができましたし、薪《まき》を作るのも男の子が三人になると仕事がはかどりました。なんだか子どもたちだけでキャンプをしているような気分になるぐらいでした。特に次郎くんは木を切るのも火をおこすのも、何をするにも上手でした。建ちゃんの負担はとても軽くなりました。

由美ちゃんと次郎くんは同じ十歳でしたが、次郎くんの方が年上に見えました。由美ちゃんは痩《や》せておとなしいこともあって頼りなげでしたから。体も次郎くんの方がずっと大きくて建ちゃんと少し背が違うぐらいでした。みっちゃんが由美ちゃんになついて、ずっと一緒にいてくれましたから、建ちゃんは安心して作業ができました。

ただ、建ちゃんも、小さな女の子を連れて帰ったものの、ここで育てるのには自分たちの力では無理だとわかっていました。みっちゃんは、昼間は由美ちゃんと一緒にいておとなしくしているのですが、夜になると「おかあちゃん、おかあちゃん」と言って泣くのです。これには建ちゃんもどうすることもできなかったのです。泣いているみっちゃんを見ながら、みんなで困っているばかりでした。

それと由美ちゃんの体のことも心配でした。「たいぎい」と言うことがよくあったからです。できるだけ家で休ませるようにしていましたが、たいてい横になっていました。建ちゃんは、みんなの前では不安な表情を出しませんでしたが、心の中では悩んでいたのだと思います。

四　子どもたちの家

子どもたちとの出会い

そんな時に、私たちが歩いているのを見つけたのです。建ちゃんは何としてでも私たちに、みっちゃんを育ててもらおうと一生懸命だったのだと思います。シスターたちの服装が普通の人と違っていて、教会の特別な人だと知っていたのかもわかりません。もしかしたら助けてもらえると思ったのでしょう。何よりお兄ちゃんの和夫くんが一番必死になってみっちゃんのお母さんになってくれる人が欲しいと思っていたのでした。

この子たちに会った時、衣服があまり汚れていなかったのは、建ちゃんがふだんからきれいに洗濯をしていたからです。由美ちゃんと次郎くんが着替えを持っていませんでしたが、建ちゃんも和夫くんもみっちゃんも着替えを持っていました。次郎くんの着替えは、仕方がないので建ちゃんの服を着ていました。由美ちゃんはお母さんのワンピースが何枚かありましたので、それで十分間に合いました。

こうして数少ない着替えを大事に洗濯しながら着ていました。ですから、私たちに出会った時、孤児にしてはあまり汚れていなかったのです。

建ちゃんは持っていたお金がだんだん少なくなるのが心配でした。確かに畑にはそろそろジャガイモも掘り出せるぐらいになっていましたし、カボチャの花も咲き始めていました。それでも五人になったので、ほかの食料も買わなければいけなかったからです。そのお金がどこまで持つのかわからないのです。

それと、今は夏なのでなんとか暮らしていますが、寒くなった時にここで暮らしていけるかどうか。そんなことを思うと、これからどうするかと少し不安になってきていたのでしょう。前に隣のおばさんに言われていたように、役所に行くしかないと考えていました。

でも、まだ、この時には役所の方も原爆によって残された子どもたちの保護までは手が届いていませんでした。役所に行っても、どのように扱ってくれたかはわかりません。孤児についての保護法がきちんと決まったのは、昭和二十三年ごろのことでした。原爆投下直後は、その様子に見かねた善意の人たちによって少しずつ子どもたちが保護されてきているだけでした。

ですからこの時にシスターたちに出会ったのは、本当に奇跡的な出会いだったのです。建ちゃんたちの生活も、もう、ぎりぎりだったのかもわかりません。

由美ちゃんの死

五人とも、いろいろな事情を抱えていました。それだけに、とても仲良くしていて本当の兄弟姉妹と言っても少しもおかしくないぐらいに寄り添って生きていました。由美ちゃんが死んでしまったことは、ほかの子どもたちにとってどれほど大きな出来事だったのか、私には痛いほどわかりました。建ちゃんが、ずっと泣いていたというのも、よくわかりました。建ちゃんは、ずっとこの小さな子どもたちを守ってきたからです。

雨の日に、建ちゃんの家の前で濡《ぬ》れて立っていたという由美ちゃんがどんな子どもなのかはよくわかりませんでした。何を聞いても話してくれなくて黙っているので、私たちもそれ以上無理には聞かなかったのです。いつも建ちゃんの後ろにくっついていました。シスターたちが聞いても詳しくは話しませんでした。その上、何かをこわがっているようで、神父様が来ると、隠れてしまって出てこなかったのです。

みっちゃんは、由美ちゃんと一緒にいると、とてもおとなしくしていて泣かなかったのです。由美ちゃんは、みっちゃん係になっていました。由美ちゃんが死んだ後も、みっちゃんは、ずっと由美ちゃんを探して泣いていたそうです。しかたなく、かなり長い間、シスター・モニカが、みっちゃんと一緒に寝てくれたと和夫くんは話しました。

和夫くんが私に話した時に、こう言ったのです。

「シスター・モニカがおかあちゃんしてくれたんよ」

「おかあちゃんになってくれた」と言わないで「おかあちゃんをしてくれた」と言ったのです。

私は、その言い方に喉《のど》の奥から何か熱いものがあふれてくるように感じました。「そう、シスター・モニカがおかあちゃんをしてくれんさったんやね」

と言葉を返しました。

私たちの後ろをついてきたあの時に、「おかあちゃんがほしい」と言っていたことを思い出しました。

「良かったね」

と言うと、

「うん」

とうれしそうでした。

私がここに帰ってきた時には子どもたちのための施設として「ひかり園」になっていたのですが、シスター・モニカは園長先生でした。修道院の院長もされていて「マザー」と呼ばれていました。「お母様」という意味です。それで、「お母様」とほかの人は呼んでいました。でも、和夫くんにとっては「お母様」と「おかあちゃん」は違うようでした。

そのみっちゃんですが、私を覚えていたのかどうかはよくわかりませんでしたが、和夫くんに連れられて私のところに来ました。でも、すぐにはそばに来ませんでした。

「志津ねえちゃんやで」

と和夫くんがみっちゃんを私の方へ押し出しました。

私が

「おいで」

と呼ぶと少しずつ前に進んできました。私の方がみっちゃんだとわからないぐらいでした。あの時おんぶした痩《や》せこけたみっちゃんは、そこにはいませんでした。顔もふっくらとして手足もしっかりとなっていました。髪の毛を少し長くして三つ編みにしていました。小学生になっていました。

「三つ編みにしてもらったんやね。かわいいよ」

と言うとこっくりとうなずいて、やっと話をしてくれるようになりました。

「みっちゃんはね、由美ねえちゃんと同じようにしたいんよ」

と和夫くんは話しました。髪型も洋服も、なんでも由美ちゃんと同じようにしたがるのだそうです。

「みっちゃんはね。由美ねえちゃんが大好きやったから、由美ねえちゃんを忘れたくないいんと思う」

和夫くんはそんなふうに言うと、みっちゃんの頭をなでました。やっぱり和夫くんはみっちゃんを守るお兄ちゃんでした。


私にいろいろと話してくれたのは大方《おおかた》が和夫くんでした。和夫くんは私にいっぱい話があるらしく、しょっちゅう私のところにきて手伝っていました。おかげで新しく入ってきた子どもたちのことやその様子も知ることができました。

次郎くんにはその日には会えませんでした。中学生になっていて、幟町の神父様の手伝いでいなかったのです。相変わらずよく手伝っているのだなと思うと、目をくるくるさせて働いていた次郎くんの姿が目に浮かんできました。

神父様と一緒にたくさんの荷物を持って帰ってきた次郎くんは、背も高くなり建ちゃんと変わらないぐらいでした。元気そうでたくましくなっていました。

「次郎くん」

と呼びかけると、びっくりしたように私を見ました。そして「だれ？」という顔をしました。それからじーっと私を見て大きな声で叫びました。

「志津ねえちゃん！」

「ただいま。ちゃんと手伝いをしてくれよるんやね」

「いつ帰ってきたん？」

と言ったかと思うと私に向かって

「大きくなったねえ」

と言ったのです。まわりのみんなが大笑いをしました。

「おかげさんで」

と次郎くんに返しながら由美ちゃんの死を思い、残された子どもたちのことを心配しましたが、次郎くんの明るさに救われる思いでした。

預けられた子どもたち

新しく入った子どもの中には、親を亡くして親類に預けられていたのですが、育てられないからと、ここに連れてこられた子どももいました。両親が同時に原爆で亡くなって、うろうろしていた兄弟が三人一緒に保護された子どもたちもいました。親が死んでしまって取り残されていたのを見つけて、近所の人が預けに来た子もいました。どの子どもも、つらい運命を背負っていることでしょう。でも、ここに来たのは不幸中の幸いだと思いました。ここでは子どもたちを大切に育てたいという人たちの愛情が満ちていたからです。

何十年も経った後の証言では、戦争によって生み出された戦争孤児は全国にたくさんいたのです。その数を国は正確には把握していないのです。ましてや、その子どもたちがどのような人生を強いられてきたかなど調査もしていないのです。

その中には保護もされず苦しい人生を歩んだり、引き取られた先の親戚などでひどい扱いを受けたりした子どももいます。独りになった子どもの財産を狙って引き取った人もいたと聞いています。財産だけをとってしまうとその子は家にいられないような仕打ちを受けたといいます。戦争孤児ということで差別されたという人たちが多くいました。戦争孤児がなぜ差別を受けなければならないのでしょう。中には食べるために、やむなく盗みなどの罪を犯した子どもたちもいたことでしょう。よくがんばって生きてきたと思うほどつらい証言がたくさんありました。

戦争で親を亡くした子どもたちを、国は「保護」ではなく、「浮浪児狩り」とか「狩り込み」といったひどい言葉で収容したということを調査した新聞社の記録もあります。収容された子どもたちの扱いには、檻《おり》のようなところに入れられている写真がありました。親を戦争で失った子どもたちは、まるで野良犬か何かのように邪魔《じゃま》な存在でしかなかったのでしょうか。

本当は戦争孤児だからこそ、国も社会からも大事に育てられなくてはいけないはずでした。その子どもたちを国がこんなひどい扱いをして「保護」ではなく「狩る」なんて信じられないことです。戦争を起こし、孤児を生んだのは、国とおとなたちの責任なのです。

今生きている人たちの多くは、この孤児のことを知らないで過ごしてきたのではないでしょうか。そして、その孤児たちは、あまりに厳しくつらい過去であるために、声を上げることもできなくてひっそりと暮らしてきたのでしょう。やっと最近になって、再び戦争を起こしてほしくないという思いから、証言をする人たちが出てきているのです。そんなひどい仕打ちを孤児になった子どもたちが受けていたことを、私もずっと後で知りました。

恵みの中の光の子

私は施設へ戻って、また子どもたちの世話に明け暮れしました。でも、こんなにたくさんの子どもたちを育てるのに、食料などは足りているのだろうかと不思議でした。当時の広島の食料事情は言葉を絶するほどのありさまだったからです。

私を待っていてくださったシスターたちは、

「それが不思議なのですよ。こんなに食料も物資も手に入らない時代に、ここにはいつもそれが満たされているのです。この子たちは本当に光の子たちです」

と口々に言うのです。何かが足りなくなると、神父様や福岡のシスターたち、まわりの方たちからそれらが届くのです。

「この子たちは守られていますね」

そうなのです。ここにいる子どもたちは、まわりからの大きな愛に包まれて、決して孤独なさびしい「孤児」ではありませんでした。

建ちゃんも次郎くんも、そうでしたけれど、親が亡くなった後も隣の人や友だちの親や近辺の人にとても心配してもらい、気にかけてもらっていました。ほかの子どもたちも、自分たちが生きるのに必死の時に、よその子どもまでも世話をしてくれ、気にしてくれるおとなたちの温かい心に包まれていたからです。

このように戦争で親を失くした子どもたちを守ろうとするようなことが、「広島だから」というまれなことだったのでしょうか。そうではなく、全国のどこであっても、子どもたちを守ろうとしていた人たちがいたことは確かです。

ただ、広島の人たちにはまわりの人たちとともに助け合って生きる風土、気質があったのかもしれません。

あるいは、広島の人は原爆によって多くの人の命を失ったことで、生き延びた人たちが、死んでいたのは自分かもしれないと思っていたのかもしれません。あまりに死者が多かったことで、奇跡的に生き延びた自分たちが、よその子どもであっても生き残ったその命を守ることが使命なのだと感じていたのかもしれないと思ったりします。もしかしたら自分の子どもも同じ運命をたどっていたかもしれないからです。

とにかく、このひかり園では、親を失くした子どもたちに対して、まわりからとても多くの支援が寄せられ、この施設を運営することができていました。

それからも子どもたちは増えて、建物は手狭《てぜま》になり、どうしたものかと皆が思案していた頃、基町《もとまち》の空いている土地を使わせてもらえることになったのです。広島城の城跡《しろあと》から近いところでした。ここにはかなり広い木造の平屋造りの建物が建っていました。やっと住居らしいところで暮らせるようになったのです。シスターたちもこれでなんとか子どもたちを安心して育てることができると安堵《あんど》したのです。子どもたちの数は七十六名になっていました。

広さは十分にあり、それからも増え続ける子どもたちの住居としてはなんとか運営できたのです。

しかし、ここも安住の家ではありませんでした。この土地が旧軍用地であったために、立ち退きを迫られたのです。その上、ここは国への土地代も払わなければならず、大きな負担になっていました。せめて国が支援してくれて土地代ぐらい無料にしてもらえないのかと残念でした。このころは、まだまだ子どもたちへの国の支援はありませんでした。またもやシスターたちの苦悩は大きくなりました。

海の見える丘の上の住み家へ

ところが、何ということでしょう。またまた救いの手が差し伸べられたのです。子どもたちのために使ってくださいと五千坪もの土地を寄付してくださる地元の方があったのです。

佐伯郡《さえきぐん》の地御前《じごぜん》の山を含む土地でした。シスターたちの喜びは言葉に尽くせないほどのものでした。

「この子たちは本当に光の子です。感謝ですね」

この時のシスター・モニカは、いつもの静かなシスターではなくほかのシスターたちと抱き合って喜びを表現されていました。

さあ、そこからが大変でした。土地は手に入りましたが、整地をしなくてはなりません。大きな機材もなく、建設会社に頼む多額の費用もありません。子どもたちも手伝いながら、山の斜面を手作業で土を掘り、両手でかき集めてバケツで運びました。ある道具といえばシャベルや鍬《くわ》などの農作業用の道具でした。たくさんの土を運ぶのには、古いゴザを棒に結びつけて運びました。

雨が降ると、斜面から泥水が出て、シスターたちは膝まで泥の中に入り、ずるずると滑る泥に足をとられながらかき出す作業をしました。

「そっち持って!」

と小さな子どもたちも泥だらけになりながら、自分たちができることを手伝いました。ころんで泣く子もいて、大きな子があわてて助けに行く場面もありました。

「ほら、気をつけんさいよ。そんとにたくさん袋に土を入れるからじゃ」

小さい子たちは、できるだけ多くの土を運びたいと思って、自分の体重より重いぐらいの土を袋に入れてしまったのです。それでも工夫をして、自分たちの体重より重い袋に両方から引っ張るひもを付けて何人かで運ぶというような知恵も出てきました。

シスターたちは子どもたちがけがをしないようにと気を配りながら、作業を進めましたが、気の遠くなるような作業でした。そんな大変な作業でも子どもたちは新しい家ができるというので、とてもがんばりました。けれどもこんな具合の手作業ですから整地は一向に進みませんでした。

そんな時、ちょうど近くで大きな工事をしていて、ユンボを運転していた作業員のおじさんがいました。おじさんは見かねて、

「そんなことでは仕事は進まんじゃろ。もうちょっと待っときんさい。わしが手伝ってやるけえ」

と言って、自分の仕事の区切りをつけて機械を入れてくれました。ほかの作業員もそれを見ていましたが、だれもそのおじさんに文句を言う人はありませんでした。ほかの仕事を請け負っている手前、全員で手伝うわけにいかないので、機械を使っているおじさんの行為は見ないふりをしてくれたのでしょう。

アッという間に、どんどんと斜面は削られ、土がよけられていきます。子どもたちは、その機械の働きに
「ワーッ、すごいねえ！」

と大きな声をあげて喜びました。機械の力が大きなものであることを改めて思った瞬間でした。

それからこのことを知った岩国基地の駐留軍の兵士たちが、応援に駆けつけてくれるようになりました。これは在軍神父様たちの声かけによるものでした。土、日曜日を返上して二百名ものアメリカ兵が作業にあたってくれたのです。

私は、この子どもたちと暮らすようになってから、アメリカ兵に対して持っていた複雑な気持ちをどう整理すればよいのか、まだわからなかったのですが、いつの間にか何かが解けていくような気がしました。原爆投下のことを忘れたわけではありませんが……。国を越えて、人間として温かい心の交流を感じていました。

駐留軍の兵士たちも機械が入らないのでは作業が進まないと言ってくれて、そこを走っていた鉄道の管理者である国鉄に支援を求めました。おかげで、大きな機械が入ることになり、造成は進んでいきました。

やがて建物を建てる時が来ました。それほど大きな建物は望みませんでしたが、やはり多くのお金が必要で、シスターや神父様たちは寄付金集めに奔走《ほんそう》しました。毎晩、費用の計算をしているのか、経理を担当しているシスター・テレジアのタイプを打つ音が絶え間なく聞こえていました。それでも建築費が調達できたことが、私には不思議に思われました。私にはわかりませんでしたが、寄付だけでは賄《まかな》えないはずです。きっとたくさんのお金の借り入れもあったのだと思います。

やがて無事に建物が建ち、私たちは子どもたちと共に移り住むことができたのです。

この引っ越しの時も岩国の駐屯地から、ジープやトラックでアメリカ兵たちが手伝いに来てくれました。荷物やら、資材や荷物だけではなく私たちもすべて運んでもらったのです。引っ越しの細かいところは大工の馬場さんという人が手伝ってくれました。皆はその指揮の元、引っ越しを無事に終えることができたのです。この大工さんは建物を建てるのを請け負ってくださった大工さんです。建築工事が終わった後も何かと手伝いに来てくれていました。こうした専門の人の手助けは何にもましてありがたいことでした。

山と海の恵みに感謝して

丘の上の新しい家は、今までと違って、広くて新しい木の香りがして明るい部屋がいくつもありました。子どもたちはうれしさのあまり部屋中を走りまわって、何人ものシスターたちに叱られていました。一人が走り出すとみんながついて走るのでハチの群れが通り過ぎるような騒がしさでした。叱《しか》られても、叱られても、子どもたちの動きはすぐ繰り返されました。とうとうたまりかねたシスターたちは、子どもたちを外に出して、庭を走ってくるようにと言ったのです。

外に出るとまだまだきれいに整地はされていませんが、走りまわる場所は十分にありました。子どもたちは、ここでも走りまわって楽しんでいました。そしてそこには、まだ十分な整地はしていないまでも、まず、子どもたちのためのブランコがいくつか作ってあったのです。いつもシスターたちの気持ちは子どもが第一でした。

子どもたちは、中学二年生までの子どもは近くの学校へ転校し、中学三年生以上は卒業まで広島市内の元の学校へ通いつづけました。ひかり園のある廿日《はつか》市《いち》から横川駅《よこがわえき》まで電車で通い、そこから基町中学校や山陽高校へ通いました。

そうなのです。ほかの施設では義務教育までで施設を出なくてはいけなかったのですが、当時から、ひかり園はシスターたちの努力で高校まで行くことができたのです。寄付をしてくださった人たちがたくさんあったのです。その上、後には大学に通うことができる子どももありました。

地御前《じごぜん》に移ってからは、裏は山に続いているので、山菜《さんさい》取りがシスターたちの仕事の一つでした。子どもたちもついていきました。野草をよく知るシスター・マリアは自然の先生でした。食べられる草や木の芽など子どもたちに教えました。子どもたちは、市内にいた時と違って野草摘《つ》みを兼《か》ねて元気に山を駆けめぐりました。山には野生の柿やミカンもありました。以前とは少し違う食事の献立ができるとシスター山本は大喜びでした。

丘の家に移った年の秋のことです。シスター・マリアが大きな声で呼びに戻ってきました。

「みなさん！　急いで私と来てください」

ほかのシスターたちは何事かと思い、あわてて作業の手を止めて飛び出しました。シスター・マリアはみんなの前に来ると包んでいた手を広げました。

「ほら、これを見てください。松茸《まつたけ》です！」

シスター・マリアの手には大きな松茸が握られていました。この山には赤松がたくさん生えていて、松茸が生えていたのです。一人では取り切れないというので幾人かのシスターたちが一緒に山に入りました。私も一緒に行きました。

シスター・マリアの指さすところには、かわいい松茸《まつたけ》の頭があちこちから出ていました。

「まあ、たくさん出ていますね。なんて豊作なのでしょう」

シスター山本は、「まあ、まあ」と言いながら松茸を収穫し始めました。私もいくつもとることができました。

「少し小さいものは残しておきなさい」

というシスター山本の言葉で、あわてて手に持っていた小さな松茸を袋に入れました。今さら土に戻しても、枯れてしまうかもしれないからです。「ごめんなさい」と私は松茸《まつたけ》に小さくつぶやきました。私は、まだまだシスターの心遣《こころづか》いには及ばないのでした。

施設に持ち帰ると部屋中に松茸の香りが満ちました。ほかのシスターたちも香りに誘われてやってきました。

「今日はごちそうですね」

みんなニコニコでした。

「こんなお恵みをいただいて本当にありがたいことですね」

というシスター・モニカの言葉にみんなでうなずき合っていました。こんなにひどい状況の広島にあって、松茸《まつたけ》があったこともうれしいことですが、このように満たされた静かな生活を送ることができるのは、本当にもったいないぐらい幸せなことなのです。つくづくと平和ということの大切さが身に沁《し》みました。

子どもたちの中には、松茸を食べたことのない子どももいました。シスター・マリアが、松茸についていろいろと子どもたちに説明していました。その後の夕食のおいしかったこと。後片付けをした後まで、松茸《まつたけ》の香りは続いていました。

それからも松茸の収穫は続きました。山の柿やアケビやムカゴなども取れて、秋の恵みは食卓をにぎやかにしたのです。

山だけではなく、丘を降りればすぐそこに海がありました。広島の海は穏《おだ》やかで恵みがいっぱいの海でした。子どもたちは貝を拾ったり、岩についている青さを採ったりしました。貝は面白いほど採れたのです。

川が流れ込む手前では、シジミが採れ、川が海に入り塩水になるとアサリが採れ、海に出て浜に行くとハマグリが採れるのです。その上、岩にはカキがたくさんくっついている時期もありました。それはとても素晴らしいごちそうでしたので、料理係のシスター山本が喜ぶことを子どもたちは知っていました。手に握ることができるぐらいの尖った石で上手にカキを岩から外すことも学び、シスター山本のお土産《みやげ》にしました。

時には岩場のくぼみに真っ黒なカラス貝が固まっていて、そこに海ほうずきが寄生していることもありました。見つけた子どもたちは大喜びで、それを持ち帰ってほうずきを鳴らして遊んだりもしました。半透明な海ほうずきは磯の香りがして、子どもたちの舌の上でちょうどいい楽器になりました。

　夏にはボランティアの人たちと海水浴に行くこともありました。山にはキャンプにも行きました。一般の家庭と同じような楽しみも、この施設では十分に行われたのです。子どもたちにとって、ここにいることはとても恵まれたことでした。

　やがて建物も、足りない部分が少しずつ建て増しされていき、その変化していく様子は、建物もまるで子どもたちと共に成長していっているようでした。こうして子どもたちは、環境の良い整った住み家と山や海の自然の恵みと、シスターたちや支援してくださるおとなたちに守られてすくすくと育っていきました。

　恵まれた環境とまわりのおとなたちの愛情を受けて、子どもたちの心からは、少しずつでも親を失った悲しみは薄れていったのでしょうか。でも、死んだ親の自分たちに注がれた愛情は、忘れないでほしいと私は願ったのです。

きっとそのことが、この子どもたちにとって生きる力になり励《はげ》ましになるはずと信じるからです。

五　時は流れて

子どもたちと生きる道

遠くまで青く澄んだ空と木々の緑に囲まれて、私は静かに園庭の子どもたちを見ています。あれから、私は洗礼を受け、シスターたちの子どもたちに対する深い愛情に触れて、シスターになりました。「檻《おり》の中のような」と言っていた修道院に入りシスターとして暮らすことにしたのです。

母や親類の者も、私が修道院に入ることに猛反対しました。私の性格から、あの静かな修道院の生活は無理だと皆が思ったのです。それに母も普通に結婚をしてもらって孫の一人も抱きたいと思ったようです。子どもは私しかいませんでしたから。でも、思いがけなく父が「好きにしたらいい。そのために大学に行ったんじゃろう」と言ってくれたのです。父の言葉に、母も親戚の人たちも反対することをやめました。

とにかく私はいつもの粘りの強さを発揮して、シスターになりました。確かにシスターになるには、私は向いていなかったかもわかりません。自分でもあんな風に静かで優しいシスター・モニカのようになれるとは思えなかったのです。そして、シスター山本のように細かいところにまで気遣《きづか》いができるようになるとも思えませんでした。でも、長い間子どもたちと共にシスターたちと暮らしているうちに、シスターになることには何の抵抗もなかったのです。それが当然だと思えたのです。

それと、なんといっても子どもたちと共に過ごす生活が、とても楽しく、私が生きていると思える時間だったのです。ほかの生活を想像することはできませんでした。毎日聞こえる子どもたちの声が、私のエネルギーのもとになっていました。

時が経って、ここへ来る子どもたちは、ずいぶん背景は変化しましたが、私たちを必要としていることは変わりません。いいえ、もっと多くのことが求められるようになっていました。そのような子どもたちと共に暮らすことを決心しただけのことです。

そして、いつの間にか長い年月が経っていました。

子どもたちへの願い

こうして子どもたちを眺めていると、私もずいぶん長く生きてきたものです。施設は大きくなり建物も何度か建て替えられて新しくなっています。

今はもう、私は直接、子どもたちの面倒を見ることはなくなっています。時々、若いシスターたちが相談に来たり、子どもたちは話をしに来てくれたりするだけになっています。そうです。もう、子どもたちの動きについていくだけの体力もなくなり、私の方が介助をしてもらう日が近づいている年齢になってしまいました。

なんと目まぐるしい時代の日々だったことでしょう。原爆投下の頃の広島の姿は、もうどこにもありません。原爆を落とされ、この街は死んでしまったと言われました。回復して町の姿を再現するまでに七十年はかかると言われたのです。

七十年後の今、広島は平和な美しい街が広がって、緑の木々は繁《しげ》り、何事もなく川は流れています。食べる物も着る物も、生活のすべてが便利になり、何もかもが十分すぎるほどに満たされています。

でも、今、この園庭に遊ぶ子どもたちは、大切なものが満たされていないのです。この子どもたちも、食べる物も着る物も、何もかも物質的には十分に満たされています。七十年前の子どもたちから見れば何という差でしょう。でも、原爆孤児と呼ばれた子どもたちが持っていた大切なものを、今のこの子たちは持っていないのです。

あの恐ろしい原爆の中で生き残り、親も家も失い身体も傷つき、悲しみとさびしさと飢えに苦しみ、心も傷ついていた子どもたちは、確かにかわいそうに見えます。でも、本当にかわいそうな子どもたちだったでしょうか？　もちろん悲しみやさびしさはあったでしょう。でもこの子どもたちは、心は豊かに満たされていました。なぜなら親から離れるまで温かい親の愛を受けていました。愛されていたという「幸せな時」を持っていました。

この子どもたちは親が死んでいくその時まで、愛され必要とされていました。炎の中で子どもを守るために命を落とした親もいました。親は自分の死を迎えてもなお、子どもの幸せを願い愛していたのです。私たちは、当時、悲しみの中にいる子どもたちに、そのことをずっと伝え続けました。

「あなたたちは親から愛されていました。親が死んでいくまで、いっぱいの愛情をもらっていたのです。あなたたちの中にそれはずっと残っていくのです」と。そして「いま、あなたたちの親の代わりに私たちみんなが、あなたたちを愛しています。独りぼっちではありませんよ。ですからけっしてかわいそうな子どもたちではありません。孤児と呼ばれなくてもいいのです」とも。

あの原爆の後の世界で生きようとした子どもたちは、私たちおとなにとって光でした。希望でした。ほとんどが灰と化して死んだようになった広島の地で、生き残ったこの子どもたちをどうにかして育てようと努力することが、わたしたちおとなにとっても生きる力になったのです。

絶望的な時代に、子どもたちの明るい笑い声がどれだけ平和を感じさせ、癒《いや》されたことでしょう。私たちおとなも救われたのです。

でも、今ここにいる子どもたちは、親が生きている子どもたちが八割を占めています。それは年々増えているのです。貧困や、未成年者の出産、離婚、ネグレクト、虐待など、さまざまな理由でここに来ています。親の中には泣きながら預けていった親もいますが、子どもたちの多くは、生まれてきたことを祝福されることもなく、必要とされず、虐待によって体も心も傷ついています。もちろん、心の傷は体の痛さよりもっと痛いはずです。愛されるという経験をしてこなかった、抱きしめられることのなかった子どもこそ、悲しくてかわいそうなのです。

私たちがいくら一生懸命にこの子どもたちを愛しているといっても、子どもたちの中にはこんなふうに言う子どもがいます。

「どうせ、親から捨てられた私の気持ちなんて、シスターにはわからない。『大丈夫ですよ。がんばりましょう』なんて言うけど、きれいごとだ！」

子どもたちの幸せとは何なのでしょうか。「生まれてくることを望まれず、必要とされない」。何と悲しい言葉なのでしょう。

子どもたちの存在の意味を、おとなたちに問いかけてみたいのです。

子どもたちは、私たちおとなにとって何者なのでしょう？
おとなは、子どもたちにとって何者なのでしょう？
社会にとって、子どもたちの存在の意味は何なのでしょう？
子どもたちにとって、社会とは何のためにあるのでしょう？

でも、私はどんな理由でその子がこの施設に来たとしても、子どもたちには言い続けます。

「ここにいる私たちは、あなたたちのすべてを愛しています。あなたたちは、けっして必要とされない、かわいそうな子どもたちではありません。私たちの大切な子どもたちです。

あなたたちは私たちの光です。希望ですよ」と。

園庭には、いっぱいの光が降り注いでいます。戦場にいても、平和な国にいても、どこにいる子どもたちにも、この光は平等に降り注ぐのです。いっぱいの光を受けて、どの子どもたちも、その命を守られて、愛されて、大切にされ、抱きしめられて幸せであることが、年老いた私の最後の願いです。この子どもたちは、未来へと、私たちの命を受け継いでいく者たちなのです。

私は、原爆投下前からのことを思い出しながら、長い時の間に起きた子どもたちのことと私が生きてきた時間を振り返って今まで語ってきました。まだまだ言い尽《つ》くせないことがたくさんあるような気がします。

子どもたちの幸せを願うなら、本当は、今の子どもたちのことをもっと語らなければいけないのかもしれません。でも、私の語る時間はもうそんなに多くはありません。今、どんどん忘れ去られようとしている子どもたちのことを、伝えておかなくてはならないのです。それを私が記憶しているうちに。原爆投下直後を記憶している人たちもどんどんいなくなっていくからです。

それを語っておくことで、きっと今の子どもたちに必要な大切なことが見えてくると思うからです。そしておとなのすべきことも見えてくるでしょう。

それから、私が島の友だちからもらったあの緑色の鉛筆は、実はまだ大切にここに持っています。

あとがきにかえて――もう一つの物語「養護施設と私」

一九九一年一月十六日
「イラク軍がバクダットを攻撃。赤い火が見えます」
テレビの現地からの放送を聞きながら、悲しみと怒りの中でこの物語を書き始めています。
また多くの子どもたちの命が犠牲になっています。これはいつまでも絶えることのない愚かな大人たちのすることの結果なのです。大人たちは血に染まった子どもたちの姿を見て何とも思わないのでしょうか。これがあなたの子どもだったら。いいえ、あなた自身だったら。

こんな惨状の中にあっても、子どもたちは訴える力も持たず、声を挙げることもできずに命を失い、親を失い、飢えに苦しむのです。子どもたちは大人たちに与えられたままの状況の中で抵抗するすべもなく、その体も心も傷ついていくのです。


こうした言葉の書き出しで始めたこの物語を、私は二十四年の月日を経て再び書き継ごうとしています。

書き出してから二十四年の月日が経ってしまったのは、私の身辺での出来事が原因です。

起きるはずがないと過信されていた阪神間の大地震。テレビの画面に映し出されるものは、実際に起きているとは信じられないような映像でした。なめつくすように広がる炎の情景は、戦火に逃げ惑う人々にも似ていました。

私の家はなんとか住める状態の被害ですみましたが、別に暮らしていた父が被災し怪我《けが》をして自宅に引き取り、さらに娘を亡くし、精神的にも不安定になってしまった私は、書く気力も失いました。それは時間が経つほどに私を悩まし、苦しめ、悲しみや後悔の年月を必要としてしまったのです。もちろん、今もそれは続いていますが。

ところが、また、ここ数年、中東での戦争が沸き出しました。湾岸戦争が終結し、これで世界の大きな戦争は消えると思っていたのに、独裁政治からの独立を求め、あるいは宗教や民族を主張して対立したおとなたちは、テロという防ぎようもなく拡散する方法で戦争を続けています。難民となった人々が膨大な数に増え続け、助けられなくなった国々をも分断するようなことになってきました。戦争を二度と繰り返さないと言ったはずの日本も、いつの間にか軍備を進め、自衛のはずだった自衛隊も海外へと出ていっています。またもや世界中が戦争に巻き込まれているといって過言ではありません。

そして、今度もまた、普通に暮らしていた子どもだけではなく、子どもを戦士として巻き込み、やっぱり多くの子どもたちが血に染まって犠牲になっています。いつでも訴える力を持たない子どもたちは、命を奪われても、傷ついても、抵抗する力を持たないのです。ただおとなたちからなされるままに受け入れていくしかないのです。

遠い国で起こっている子どもたちの苦しむニュースを聞きながら、平和な日本にいる現在という時間の中に、私はぼんやりとこの二十四年間を過ごしてきてしまった自分を見つめなおしています。

遠いところで戦争やテロに犠牲になる子どもたちだけではなく、戦争もなく豊かに見える日本の中で、虐待《ぎゃくたい》や貧困、きちんとした心の成長を遂げられない劣悪な環境にある子どもたちの姿を見るときに、戦後七十年を過ぎ、私も七十歳をいくつか超えてしまった今、自分の取り残してしまった仕事を仕上げなければと、はっとして目が覚めたように思い立ち、古い原稿を取り出したのです。

この物語は広島に原爆が投下された後に残された「孤児」と呼ばれる子どもたちを書いたものです。でも、過去のことを描いているつもりはありません。この物語は現在の子どもにまで続く物語です。平和で何もかもが満たされてしまったように見える日本の社会の中にある子どもたちの姿も、決して幸せな様子には見えないのです。私が関わっている仕事の中で、子育て支援の活動でも、長年担当してきた家庭裁判所の調停でも、子どもたちの身に起きているさまざまな出来事は悲しくつらいことでいっぱいです。

この物語を書こうとしたのは、私に縁のある一つの養護施設が、こうした悲しい状態に置かれる子どもたちの姿を見せてくれていたからです。ここの子どもたちを描くことによって「子どもたちとは何か？」という課題をおとなたちに考えてほしいと思ったからです。

戦争によって、確かに子どもたちは悲惨な状態に置かれます。けれども、子どもたちが劣悪な環境に置かれるのは、戦争だけではありません。平和で経済が発展した社会においても違った形で子どもたちを苦しみに追いやるのです。

離婚、貧困、虐待《ぎゃくたい》、ネグレクト、未成年者の出産、性被害、などなど、さまざまな事情によって生じる子どもたちの不幸です。

養護施設というところは、おとなたちの無責任さや、子どもを守ることのできない状況が、すべて子どもたちにしわ寄せされた所だとわかります。

だからといって、この施設にいる子どもたちに対して「かわいそうな子どもたち」という言葉で終わってほしくはないのです。「子どもたちにとって何がかわいそうなのか」ということを考えてほしいのです。そして、子どもたちの不幸な状況は、実は、親も決して幸せな状況ではないことも知ってほしいのです。

いつの時代も子どもたちには、子どもたちを支え、愛情を注いでくれるおとなたちが必要なのです。

原爆孤児と呼ばれた子どもたちを愛して支えてくれたおとなたちのように。

この物語を書くことになったのは、池田の教会でのあるシスターとの出会いでした。子どもたちのことをいろいろと話すうちに、このシスターが、昔、私が引き取ってもらうはずだった施設におられたことがわかったのです。不思議なご縁です。まるで糸でたぐりよせられたようです。その後、この施設に何度か訪問して子どもたちとも遊びました。この子どもたちと関わることで書くことを命じられたようでした。

私も戦争中に誰の子どもかわからずに育ての親に養育されました。そのことを戦地にいた父は知りませんでした。戦争から帰ってきて自分の子どもだと聞かされて私を育てたのです。父が戦争に行くときに母はお腹が大きかったのです。けれどもその子どもは死産でした。代わりに私をもらったようです。戸籍は実の子どもになっていました。当時はそんなこともできたのです。

私が高校を卒業する時に記念に献血をしたことで、私が父の子どもではないことを、父も私も知ることになりました。血液型が父と違ったのです。その後、母がこのことで自殺未遂をしたり、父が家に帰らなくなったり、私は、母からはひどく叱られ憎まれたりして、「あなたなんかもらわなければよかった」という母の言葉で家族は崩壊しました。私は、そのすべてが自分の存在のせいだと思わされて苦しい時間を過ごしました。何度も死ぬことを考えました。

その時に手を差し伸べてくださったのが、私が通学していたノートルダム清心学園のシスター・モニカでした。シスター・モニカから、養護施設で働きながら大学へ行くようにと言っていただいたのです。それがこの施設だったのです。この時お会いした園長が、後になってシスター小田だとわかりました。実は私は忘れていたのですが、このシスターとも池田の教会でお会いしていたのです。この施設を取材のために再び訪れたときにそれがわかりました。

私は、当時、この養護施設に行くことに決めたものの、結局は、「育ててやったのに、私を捨てるのか」という母の言葉で親の元に引き戻されましたので、私が施設に入ることはありませんでした。母も悪意はなかったと思います。父との関係がまずくなった時、自分にとって私が唯一の頼りだったのでしょう。

長崎で被爆し、耳も聞こえなくなり、自分の子を亡くし、戦場に行った父の帰りをひたすら待っていた母の人生の中で、どうしても自分の子どもが必要でした。父には親が決めた結婚相手がいました。父との結婚を許してもらうにはどうしても子どもが生まれているという事実が必要だったのだと聞きました。子どもが生まれたことで、仕方なく父の家に入れてもらえたと話していました。子どもを亡くしたことは言えなかったのです。老いた母の最期を看取った時、頭では母の苦しみや悲しみも理解しました。でも私の心は全部を承知していなかったと思います。といって親を責めることはしたくなかったのです。これも戦争がもたらした悲しみと苦しみです。私は戦争を憎もうと思いました。

でも、あの時は、親の元にいるより施設の方が私にとっては居心地のよいところでした。この時、施設に入っていれば、私も大学を卒業し、シスターになり、この子どもたちと暮らしていたのではと思います。この施設は、私の人生の大きな分かれ道の一方の進む道でした。

こうした縁でこの物語は書き始められました。その物語の背景にあるもう一つの物語も知ってください。

池田教会で初めにお会いしたシスターAがこの物語の少女です。シスターAが故郷の島を出るところからお話を伺いました。よくぞテープにとっておいたものです。それが役立ちました。こんなにも長い時間が経ってしまって、私の記憶だけでは思い出せませんでした。資料もいただいていました。シスター小田も戦後すぐに子どもたちの世話にあたられていた方です。しばらくして園長になられました。お二人の話をたくさん聞きました。子どもたちの様子やまわりの人たちの支援の話などに、涙が出て止まらないこともありました。

戦争と原爆投下というひどい状況の中にあって、自分たちの生活でさえままならなかった多くのおとなたちが温かい手を孤児たちに差し伸べてくれたことは、子どもたちにとって大きな慰めであり、どんな時にも人の優しさを信じることを教えてくれました。

戦争孤児については、すでに多くの悲惨な子どもたちの状態が証言されています。けれども戦争の悲惨さだけではなく、先ほども述べましたが、多くの善意のおとなたちの子どもたちへの支援があったことも伝えたいと思って書き出した原稿です。しかし、今は時間が経ちすぎて、その頃の子どもたちには取材ができませんでした。そして、二人のシスターたちもご高齢になりすぎていました。

そのため、初めはノンフィクションとして書きたかったのですが、正確なことがわからない部分も出てきて、今となっては二十四年前のシスターたちの言葉と資料からフィクションとして物語を書くことにするしかありません。でも、その方が私の体験や想像も入れながら書くことができるので良いこともあったのです。

私も昭和二十八年ごろには広島市内にいました。施設の子どもたちのために奔走してくださった幟町《のぼりまち》の神父様を知っています。私はその教会の目の前にある幟町小学校へ通っていたからです。その頃の広島の街はまだまだ被災地の様相を残していました。復員してきた兵隊さんが、帰る家がなく家族も見つからず、比治山《ひじやま》の防空壕に住んでいて、山菜取りに行っていた私たちの目の前に突然現れたりしてびっくりしたこともありました。その当時でも復員してきた時のままの兵隊服を着ていて、兵隊さんだとすぐにわかりました。

河川敷《かせんしき》にはバラックが立ち並んでいました。河原の砂地を掘るといくつもの白い骨が出てきました。夏休みには先生たちとそれを拾い集めて手厚く葬《ほうむ》る作業をしました。不思議にその白い骨をこわいとも嫌《いや》だとも思いませんでした。なぜか両手ですくい上げながら、「出てきてよかったね。水は冷たかったよね」と声をかけていました。白い骨がとてもいとおしいように思われたのです。子どもなのになぜそう感じたのかわかりませんが……。

そして、私のまわりで亡くなっていく人たちとのかかわりです。私のまわりにはたくさんの被爆した人たちがいました。担任の先生、仲良しだった友だちやその家族、その中の何人かが白血病のため亡くなっていきました。今でも担任の先生の肩にあったケロイドを覚えています。友だちが亡くなるときは会うこともできませんでした。その姿があまりに痩《や》せて見る影もない様子に、会わすことができなかったとその子のお母さんから言われました。千羽鶴《せんばづる》だけを届けました。ついこの間まで一緒に遊んだ人がいなくなるという感覚が、不思議でとても受け入れられなかったことを覚えています。

担任の先生からは原爆が落ちた時の悲惨な状況を聞きました。被爆した人たちが広島市内から己斐《こい》を通り宮島に向けて歩いていったそうです。その様子はとても見てはいられない姿で、着ている衣服は崩れ落ちて誰かもわからないくらいに皮膚《ひふ》が焼けただれていたそうです。担任の先生はなんとか家にたどり着いて命だけは助かったのです。でも大きなケロイドは残りました。身体もつらいらしく、「今日はたいぎいから、ちょっと休むね」といって体育の時間に途中で座るようなこともありました。

そのころ、雨になると「外に出て絶対に雨に濡《ぬ》れんようにしんさい。髪の毛が抜けるけえね」と言われました。黒い雨が降るのです。もちろん、原爆投下直後のようにひどいものではありませんでしたが、先生たちはいつも注意をしていました。今でも雨が降ると、私は不安になって濡れないようにしてしまうのは、この時のことが身についてしまっているのだと思います。

そうした経験は私の脳裏に鮮明に残っています。私の記憶にある広島の街をこの物語の中で書くことは、物語をリアルに表現するものになったと思います。読んでいただく方たちには、フィクションであれ、ノンフィクションであれ、どちらの形で物語を書いても、私が伝えたいことは同じだからです。

この物語に登場するシスターや神父様、多くの人たちは実在の人もおられるし、私が創り出した人もいます。お名前も本当の名前にした人もいますし、勝手につけた名前の人もいます。シスターのお名前は日本名であったり、洗礼名であったりします。

当時は日本人のシスターであっても、洗礼名で呼ばれていました。かなり後になって日本人のシスターは洗礼名ではなくシスターの後ろに日本名を入れて呼ぶようになりました。でも、私は洗礼名で呼ぶことに慣れていたので、以前のまま洗礼名で呼んでいました。シスター・モニカも日本人のシスターです。細かい描写も私がシスター足立やシスター小田からお聞きしたことと想像したことを混ぜています。登場するシスターたちのモデルは、修道院や私が通っていた学校で、お会いしたシスターたちです。その性格や人物像もそのシスターたちに当てはめて登場させています。

広島駅近くの修道院も本当は修道院ではなくイエズス会の修練院というところです。モデルになった施設は広島市の地御前《じごぜん》の丘にある「光の園摂理《そのせつり》の家」ですが、物語の中ではそのままではありません。あくまでもモデルにさせていただいただけです。でも物語の中にあるエピソードのほとんどは実際にあった事柄を基にしています。

本当の話は、この〈あとがきにかえて――もう一つの物語「養護施設と私」〉で述べていることです。

施設のそれから

やがて年月が経って、被爆した子どもたちはすでに巣立ち、施設の名前も孤児院ではなく養護施設となりました。国からの助成と寄付を受けながら運営されています。

この施設の子どもたちは、少しは悲しみから救われています。世話をしてくださっているシスターたちや職員の「お兄さん」、「お姉さん」（ここでは職員をこんな風に呼んでいます）そして多くの支援者から愛されて育てられているからです。

その様子をいくつか紹介します。私が訪問した時に見た光景です。ある日曜日でした。

その施設は、山を切り開いた丘の上にありました。そこからは宮島に続く海が見えます。広い敷地にはいくつかの棟に分かれた住居が配置されています。この住居をのぞいてみると、部屋の造りがほかの施設でみられるような同じ年齢の子どもが集められた集合的な部屋になっていません。普通の家庭のように一軒の家のようになっています。そこに年齢の違う子どもたちがお母さん、お父さんの代わりのお兄さん、お姉さんと呼ばれる職員と家族のように寝泊りしています。そのため、職員は住み込みです。当然、独身の人になりますので、お兄さん、お姉さんと呼ぶのです。若い職員の人たちは、夏休みやお正月休みには故郷へ帰ります。その間は、子どもたちは、親元に帰ることができる子どもは、家に帰ります。そのほかの子どもの一部は、ボランティアで里親になってくれる家庭に引き取られます。残った子どもたちはシスターたちといつものように暮らしますが、ボランティアの人たちも手伝いに来てくれます。

普通の家庭のように、朝起きたら布団をあげ、身支度をして食堂へ行きます。台所の流しや食器棚はグループごとにあって、それぞれのテーブルの上に食事の支度をみんなで役割を持って準備します。食事が済むと後片付けも自分たちで行います。

各テーブルに丸くて赤いリンゴがかごに入れてありました。小さな子が「むいて、むいて」と大きな子にせがんでいました。大きな子がナイフでくるくるとリンゴの皮をむきました。それはとても上手でした。いつもしているということがわかります。くるくると長く続いて降りてくる赤いリンゴの皮を見て、小さな子どもたちは、「がんばれ！」と声援を送ります。全部つながって落ちてくると、パチパチと拍手が起こりました。むいたリンゴをきれいに切り分けて、小さな子どもたちのお皿に載せて分けました。それを食べて小さな子どもたちは満足げに部屋に帰っていきました。

子どもたちがみんな帰った後から、また、テーブルの上には、リンゴがかごに入れてありました。飾りなのかと思っていたら、そうではなくて、いつでも食べに来てよいのだそうです。それは、一般家庭ではいつでもおやつがあって自由に食べることができることを考えてそうしているそうです。でも子どもたちは、ちゃんとおやつの時間以外は食べに来ませんでした。

そんなふうにすることになったのも、少し悲しいことがあったからです。

この施設の子どもが、小学校に入った時、リンゴの絵を書くことがあって、いつも白くて何等分かにされたリンゴしか書かなかったのです。それを見たシスターたちは、はっとして、いつも皮をむき、切り分けたリンゴしか子どもたちに食べさせていなかったことに気がついたのです。それからこのように丸いままテーブルに置き、自分たちで切り分けるようにしたのです。ほかの果物も、できるだけそのままの姿でテーブルに置くようにしたそうです。

それからもう一つ。この施設では、プラスチックの食器をトレイに載せた一般の施設のような形の配膳をしません。ちゃんと一つひとつの料理を器に入れてテーブルに置きます。そして、食器はすべて陶器やガラスです。

このことも悲しい出来事があったからです。

施設を出て、就職をして、好きな人とめぐりあって結婚した少女がいました。彼の親と同居をして結婚生活を始めました。ところが少女は、いつも片づけるとき食器を割るのです。そのうち、とうとう彼の母親から食器もちゃんと洗えないような人は嫁にはできないと言われてしまったというのです。施設に帰ってきて泣いているのを見て、シスターたちは、またまた、はっとしたのだそうです。

それまでは、この施設でもプラスチックの食器やアルマイトの食器を使っていました。割れると危ないからということと、価格も安く、収納も簡単だったからです。これらの食器は少々雑に扱っても割れることもありませんし、いくつも重ねられます。少女は日常の中で、そのような扱いになれていたのです。それでガラスのコップを重ねてしまって割ったり、陶器の食器を手荒く扱って重なった部分を割ってしまったりしたのです。

そのことから、施設での食器をすべて割れる食器にしました。変えた当時は、毎日食器を割る子どもがいて大変だったそうです。割れる食器の扱いを教えると同時に、けがをさせないように、割れたものの片づけ方も教えました。支援者の人たちに使わない食器の寄付もお願いしたそうです。毎日割るので、食器を補充する費用も大変だったからです。

こうしてこの施設は独特の施設へと変わっていきました。それはシスターたちの子どもたちへの大きな愛情がそのように変えていったのです。

もちろん、部屋に帰れば掃除も片付けもすべて自分たちで行います。大きな子どもが小さな子どもたちに教え、手伝いながら自分のことは自分でできるようになるためにがんばっています。

この一軒の家のようにして暮らすことにしたのは、社会に出たときに、一般の家庭の子どもたちと同じようにできることが目的です。これを見ていると、一般の家庭で育った子どもの方が、ずっと何もできないのではないかと思います。全部を親任せにしていますから。

それから、勉強をしたり、遊びに行ったりします。大きな子どもたちは、たいていい勉強をしていました。そして恵まれているのは、シスターたちは皆、何らかの資格を持っておられるので、いろいろなおけいこもしてもらえるのです。たとえば、ピアノのレッスンやお茶やお花のおけいこ、絵を習うこともできます。

夜になって子どもたちが寝静まった頃、大きな男の子が台所に入ってきました。私に一礼しました。手にはインスタントラーメンが握られています。男の子は、お湯を沸かすとラーメンを作っていました。

ここでは一般の家と同じように好きな時に夜食を食べることができるのです。ただし受験の子どもだけですが……。遅くまで勉強をしているからです。受験と聞いて驚かれるでしょう。一般の施設は義務教育までの預かりでした。最近は高等学校までいることができるところもあるようですが、ここでは早くから高等学校に行くまで預かることを始めていました。もちろん、国からの助成金はありません。子どもたちを支援する多くの人の寄付によって勉強をしたい子どもは行くことができるようになっていました。基本的には公立の学校ですが、私学でもノートルダム清心学園は、成績が良くて入試にパスすれば特待生として迎えてくれるということを聞きました。母校だけにちょっとうれしく思いました。

もっと最近では、勉強がとてもできていて大学に進みたい子どももいます。もちろん、規定では大学生は施設で預かることはできません。ですからアルバイトとしてこの施設で働きながら大学に行くのです。この費用も寄付に頼っていますので、私学の費用までは出せません。国公立の大学へ入ることができる子どもだけです。たぶん、昔、私がここで預かっていただけることになっていたのは、この施設で働きながら大学へ行くということだったのだと思います。私は大学で教師の資格を取り、ここの子どもたちの世話にあたることを考えていました。この男の子もそうした子どもだったのでしょう。私が見たこの男の子は確か、後にこの施設の園長になっていたと記憶しています。

小さな子どもたちが園庭で遊んでいました。私は、子どもたちの様子を見ながらベンチに座っていました。

すると泣いている二歳ぐらいの男の子を引きずるようにして抱いてきた男の子がいました。引きずるようにしていても無理はありません。抱いている本人がまだ二年生ぐらいなのです。その男の子は私の前まで来ると、

「おばちゃん、だれのおかあさん？」

と聞いたのです。

「だれのおかあさん？」

と聞かれた私は、とっさのことに
「えっ」
と言ったままその子の顔を見ました。何と言ったらよいのかわからなかったのです。再び「だれのおかあさん？」
と聞かれて、思わず
「だれのおかあさんでもないけど……」
と答えました。すると
「ああ、よかった！」
と言って
「この子を抱いてくれる？」
と小さな男の子を私の膝《ひざ》に押しつけました。
泣いていた小さな男の子は、泣きながら私の顔を見上げました。私はよいしょと男の子を膝に抱き上げて頭を何度も撫でました。くしゃくしゃになった顔をハンカチで拭いている間、小さな男の子はじっとして私に抱かれていました。

私は抱いている膝の温かさを感じながらその子が私の服の端《はし》をぎゅっと握っていることに気がつき、私もその子をぎゅっと抱きしめました。子どもの体温が私の胸のあたりまで感じられました。連れてきた男の子は、泣き止んだ小さな男の子のそばにいて、うれしそうに見ていました。

「よかったね。だっこしてもらって」

小さな男の子に言いました。

しばらくすると小さな男の子は膝から降りました。連れてきた男の子は私の顔を見てにこっとしました。私は思わず

「おいで。ボクも抱っこしようか?」

と手招きしました。するとその子は

「いいよ!! ぼくはもう大きいから!」

と叫ぶと小さな男の子の手を引いて行ってしまいました。

このことをシスター小田に話しました。

「そうですか。時々、預けている子どものお母さんが訪ねてくることがあるの

です。母親らしき女の人を見ると誰《だれ》かのお母さんが会いにきていることを知るのです。それで、女の人を見ると、もしかしたら自分たちのお母さんではないかという希望があるのかもわかりません。でもほかの子どものお母さんだったらいけないと思ったのでしょうね。あの子たちは兄弟です。一度も母親が訪ねてきたことはありません。だから泣いている弟のために、お母さんに抱っこしてもらいたいと思ったのでしょう。そこにちょうど誰のお母さんでもない女の人がいたので、お母さんの代わりに弟を抱いてもらおうと考えたのでしょうね」

私はそれを聞いた時、あの連れてきた男の子の気持ちを思いました。あの時、私が誰《だれ》かのお母さんだったら、どうしただろう。泣いているあの小さな男の子を連れて黙って行ってしまったかもしれない。もし、よその子のお母さんなら頼めないことだと幼い心にもわかっていたのでしょう。「誰のお母さんでもないよ」と言ったのできっと安心したのだろうと思うと涙が止まりませんでした。「でも、あの子も抱いてあげると言ったら、もう大きいからといって抱かれませんでした」。それを聞いたシスター小田はニコニコして答えられました。

「そうですね。自分は大きいので弟を守ることが任務だと思っているのでしょう。自分が小さな子どもであることを我慢《がまん》していますね。本当は抱っこをしてほしかったかもわかりません」

それから私は、小さなその子を抱っこしてあげたことについて聞きました。

「以前訪問した別の施設では、子どもは抱っこしてほしくてまとわりつくのですが、施設の人から抱かないでくださいといわれたことがあります。それは抱っこされることを味わった子どもたちは、また職員に抱っこしてくれとせがむようになるので、忙しくて困るからということでした。今日は、私は連れてきた男の子の真剣なまなざしに、思わず小さな子を抱いてしまったのですが、よかったのでしょうか？」

するとシスターは

「そんなことはありませんよ。いくらでも抱いてあげてください。今のあの子たちに一番必要なことは抱きしめられることです。たくさん抱きしめてあげてください。私たちもできるだけのことをしていますが、いつも十分ではないのです」

このシスターの言葉に、この施設にいる子どもたちはなんと幸せなのだろうと思いました。シスターたちが、こんなにも子どもたちの心をよく知っていてくださるからです。

ここに入所している子どもたちは、その原因がさまざまに変化してきています。戦後すぐの親を亡くした子どもたちと違い、親がいる子どもたちが八五％を越えます。親がいる場合は、生活苦、あるいは離婚、蒸発などの原因でどうしても育てられなくて預けられている子もいます。また、親がいない子どもたちは、捨てられていた子どもたちで親もわかりません。でも、その比率はわずかです。

ほとんどが虐待《ぎゃくたい》を受けて保護されてきた子どもたちです。その比率は年々増えています。

親たちが「生まれてくることを望まなかった」「生んだけれども、その存在が邪魔になった」という理由の子どもたちなのです。存在を否定されること、これは子どもたちにとって、もっとも悲しい理由でしょう。被爆して親を亡くした子どもたちが、親が亡くなるまでいっぱいの愛を受けていたことを思えば、もっと悲しいことだと思います。

この子どもたちの問題点は「愛されず、抱きしめられることもなく育ってきた」ことです。こうして育ってきた子どもは、愛情を受けてこなかった分、自分も愛することができなくなっていることが多いのです。おとなに対して信頼を持たず、自分を抑え込んで、感情を隠してしまうのです。施設に来て、この心を開放するまでにとても時間がかかります。

シスターはこうも話されました。

「私たちはどんなにあの子たちのことを思って育てていても、親にはかなわないのです。こんなにもひどい虐待《ぎゃくたい》をした親でも、あの子たちにとっては、大事な自分の親なのです。いつも親が来てくれるのを待っています」

私は（自分を傷つけている親なのに、なぜその親を求めるのだろう？）と考えてみました。私の場合は産んでくれた親より育ての親ではないか。それも愛情を持って育ててくれるのであれば、それでよいと。

でも、私が自分の心に問うてみるとき、こんな答えを出したのです。施設で虐待した親でさえ待っているのは、施設ではどんなにやさしいシスターや職員であっても、自分一人の人ではないということ。みんなのシスターであり、みんなのお姉さん、お兄さんです。ボランティアの人はどんなにやさしくされても自分とはかかわりのない人です。

小さな子どもの時は、自分一人を見てくれて、いつでも抱きしめてくれる人が欲しいのではないかということです。「私だけを愛してくれる人が欲しい」のです。虐待をした親でも自分の親だから待っているのです。みんなの親ではないからです。そして、その親が、もしかしたら優しくなっていて自分を迎えてくれるのではないかと。そんなふうに思うと、胸が締めつけられるようです。

子どもたちのその状態を思うと、里親の制度は、とてもよいのではないかと思います。実の親ではなくともその子どもたちの心を受け止めるのにとてもいい制度だと考えられるからです。特に幼い子どもたちにとっては自分だけのお父さん、お母さんができることは大きなことだと思います。おとなを信用できなくなっている子どもには、なかなかむつかしいところがあるかもわかりませんが……。

それは里親が優しくしてくれればくれるほど不安なのです。その優しさが急に変わらないだろうか、そしてまた、捨てられるのではないかという思いがあるのではないでしょうか。優しさを知った後でその優しさを失うことは、前よりずっとつらくなることでしょう。ですから、里親のところに引き取られた時、わざと乱暴をして困らせたり、赤ちゃん返りをしたりします。そんな悪い子でも愛してもらえるのかどうかためしているのかもわかりません。

でも、きっと大きくなると、親でなくても自分の良き理解者がそばにいてくれればいいのだと気づくようになるでしょう。そして親でなくても自分をしっかりと抱きしめてくれる人がいれば、幸せなはずです。そのことがわかるでしょう。ただ、その幸せを信じて生きてくれればいいのですが、そのことを信じられずに人間に不信感を持ったまま生きてしまうことが心配です。他人を信じることはなかなか難しいことです。

私も、なかなか傷ついた心を治すことができませんでした。相手がいい人でも、いつか離れていくのではないかと、その時のさびしさを受け入れることができずに不安でした。ですからいつも人と少し距離をとり、深入りしないようにしていました。誰も全面的に信頼することができなかったのです。今、思うとさびしい人生ですね。裏切られることをあまりにこわがっていたのです。どんな人間でも完全ではないのですから、裏切られても許せばいいことでした。その反面、一番身近にいて守ってくれるはずの親に頼ることもできずに、きっとさびしがり屋で、自分が相手に依存してしまうことも怖かったのかもわかりません。私も施設の子どもたちと同じところがあるように思います。

現代社会の中のおとなたちの問題を背中に負わされて、施設に入らないまでも苦しい状況にある多くの子どもたちも、養護施設にいる子どもたちも、その存在を喜ばれて必要とされて幸せになることを願っています。

子どもたち自身もさまざまな理由で差別をされ、つらいこともあるでしょうが、人を愛し、人を信頼することができるような生き方をしてほしいと思います。自分に与えられた境遇を恨み、誰かに反発して卑屈になって自暴自棄にだけはならないでほしいのです。親との関係は良くなかったとしても、ひどいことをする人がいても、多くの人の手助けがあって生きていることに感謝して、自分を大切に生きてほしいのです。そしてどんな境遇になろうとも、差別される理由なんてどこにもないのです。よくよく見まわすと、あなたのことを心配していてくれた人がいるはずです。そした、自分がしてもらうことばかり求めず、誰かに喜んでもらうような生き方ができれば、うれしいですね。胸を張って生きてほしいと思います。

そして社会のおとなたちが、子どもたちが存在する意味を考えてくれたらと願いながら筆をおきます。

この物語を書くための準備を手伝ってくださったシスター足立やシスター小田、モデルになってくださったシスターたち、私と出会った施設の子どもたちに感謝します。

そして、ご本人も里親として多くの子どもたちと暮らした経験を持っておられる楠本さんの素人社から出版していただけることは本当にうれしいことです。ありがとうございました。末筆になりましたが、編集を担当してくださった村上さんにもお礼を申し上げます。

多くの皆様に読んでいただけることを願っています。

二〇一八年二月

梓加依

〈戦争孤児についての本〉

最近になって戦争孤児たちを調査して本にしたり、あるいは経験談を発表したりする人たちが出てきています。機会があれば読んでいただきたいと思います（書店で手に入りやすいものを取り上げました）。

＊『シリーズ戦争の証言2』田宮虎彦編　太平出版（1979年）
＊『東京空襲と戦争孤児――隠蔽された真実を追って』金田茉莉 著　影書房（2002年）
＊『戦争孤児の60年』桜田鈴雄（現在は中田鈴雄）DISCOVER KINKI発行（2006年）
＊『浮浪児1945年』石田光太 著　新潮社（2014年）
＊『戦争孤児』平井美津子 著　汐文社（2015年）

〈戦争孤児についての本〉

＊『野良犬と呼ばれて――戦争孤児の戦後70年』 朝日新聞デジタルSERECT（2015年）

＊『戦争孤児と戦後児童保護の歴史』 藤井常文 著 明石書店（2016年）

＊『戦争孤児を知っていますか』 本庄豊 著 日本機関紙出版センター（2015年）

＊『戦争孤児』 本庄豊 著 新日本出版社（2016年）

著者紹介
梓 加依（あずさ・かい）
子どもの生活文化研究家。大学で、図書館学・児童文学などを担当し、大学以外の活動として家庭裁判所の調停委員を務め、退職。現在は地域で「子育て支援」活動をする。
「子どもの生活文化研究会」代表（助産師、保健師、薬剤師、栄養士などの専門職で構成する子育て支援研究会）
〈著書〉
『読書と豊かな人間性――学校図書館と子どもたち』（東方出版）、『読書と豊かな人間性』（近畿大学司書教諭課程テキスト、近畿大学）、『学校図書館と子どもたち』（学校ボランティアのための研修テキスト）、『子どもたちの笑顔に出会いたい――読み聞かせとブックトーク』（素人社）、『豊かさの扉の向こう側』（鹿砦社）、『宮沢賢治評論集』『新美南吉評論集』（共同執筆、日本児童文学者協会京都支部）、『介護とブックトーク』（素人社）、『絵本であそぼう、このゆびとまれ！』（素人社）、そのほか評論、随筆、童話など。

おかあちゃんがほしい
原爆投下と取り残された子どもたち

2018年6月10日　初版第1刷印刷
2018年6月20日　初版第1刷発行

著　者――梓 加依
発行者――楠本耕之
発行所――素人社 Sojinsha
520-0016 大津市比叡平 3-36-21
電話　077-529-0149　ファックス　077-529-2885
郵便振替　01030-2-26669
装　丁――仁井谷伴子
組　版――鼓動社
印刷・製本――モリモト印刷株式会社

ISBN978-4-88170-408-0 C0093